李师江 著

爷爷的鬼把戏

新 星 出 版 社　NEW STAR PRESS

图书在版编目（CIP）数据

爷爷的鬼把戏 / 李师江著. —— 北京：新星出版社，2024.3
ISBN 978-7-5133-5323-6

Ⅰ.①爷… Ⅱ.①李… Ⅲ.①短篇小说－小说集－中国－当代 Ⅳ.①I247.7

中国国家版本馆 CIP 数据核字 (2023) 第 181967 号

爷爷的鬼把戏

李师江 著

策划品牌	读蜜文化	策划编辑	金马洛
责任编辑	刘 琦	特约编辑	孙 佳
责任校对	刘 义	排版制作	读蜜工作室 思颖
责任印制	李珊珊	装帧设计	创研设

出版人　马汝军
出版发行　新星出版社
　　　　　（北京市西城区车公庄大街丙 3 号楼 8001　100044）
网　　址　www.newstarpress.com
法律顾问　北京市岳成律师事务所
印　　刷　北京天恒嘉业印刷有限公司
开　　本　910mm×1230mm　1/32
印　　张　6.75
字　　数　147 千字
版　　次　2024 年 3 月第 1 版　2024 年 3 月第 1 次印刷
书　　号　ISBN 978-7-5133-5323-6
定　　价　45.00 元

版权专有，侵权必究。如有印装错误，请与出版社联系。
总机：010-88310888　　传真：010-65270449　　销售中心：010-88310811

目 录

001　爷爷的鬼把戏

021　白将军

051　神启幼年

077　斜滩往事

115　做作业

206　后记：少年即是一生

爷爷的鬼把戏

  我十岁之前,各种胡言乱语,一直被家人认为脑子有问题,或者被鬼缠身。

一

爷爷临去世前，摔断了胳膊，在床上躺了半个月，臭烘烘的。那是二十世纪八十年代，在农村，没医没药的，盖着一床薄薄的被子，打着寒战，哼哼唧唧地等死。他的病床就摆在狭窄的厅堂角落，如果咽了气、上了天，大家就能及早发现。爸爸和伯伯等人，每天忙忙碌碌，养家糊口，大抵也没怎么照顾。八十来岁的老人是最不金贵的，死了，比活着更受人待见。

我捂着鼻子从爷爷身边经过。爷爷像还魂般从被子里抽出手来，抓住我的手，喘着粗气叫道："爷爷就要死了，你想要什么？"

我一把把手抽回来，道："你死就死嘛，能给我什么？"

爷爷常年咳嗽、哮喘，嘴里吐出又浓又绿的痰，苍蝇一落到上面就被粘住腿，这是在我看来他身上唯一一件有乐趣的事儿。妈妈吩咐，不要和爷爷有肢体接触，不要和爷爷靠近说话，否则就会被传染上哮喘。我心中一直以为，爷爷是世界上最脏的人，跟苍蝇一般。

"爷爷很快就要变成鬼了，鬼可以变很多东西，船仔，你想要什么？爷爷变给你。"

爷爷死了居然有这般好处，我一下子开心极了。

我很容易相信别人的话。比如说一个卖老鼠药的老头，每次经过我家，总是承诺下次会捉一只麻雀给我。他家的土墙上都是麻雀洞，他说麻雀晚上还会钻进他的被窝，很听他的话，就跟他家养的一样，他一定会捉一只让我养。每一次来的时候，他总是忘记，并承诺下次一定会记得，我相信他的话超过了一百次。从小到大，我相信的人话、鬼话超过一箩筐。

我想我一定得要一个妙不可言的玩具。但它是什么呢，我一时想不出来，乡下的生活太贫瘠，我想不出高级的玩意儿。如果只是一把链子枪或者一把弹弓之类的，爷爷就死得太不值当了。世界上好玩的东西肯定很多，它们在我没有去过的城市里，所以我实在想不出来。

"爷爷，你别急着死，等我想出来了再死。"我郑重地交代他，这时候我已经不那么害怕他传染我什么了。

他再次抓住我的小手。他的手只剩下一层皮了，在被窝里捂得又干又暖，摸着我的手心，好像想从我这里得到生命的能量。

"别想破脑袋了，我的船仔，慢慢儿想，爷爷死了，你也可以告诉爷爷。"他说话已经相当吃力了，速度慢，但还是拼命地跟我说话，像个口渴的人拼命喝水。可能除我之外，再也没有人耐心地听他唠叨了。

"难道鬼可以和我说话吗？"我好奇地问。

"不。"他得寸进尺，摸着我的脑门和脸颊，道，"清明节的时候，你到我的墓前去烧纸钱，爷爷的鬼就会来到人间，那时候你心里想要什么，爷爷的鬼就知道了。"

"哦。爷爷，你变成鬼了不会害我吧？"在我的印象中，鬼是个坏东西，爷爷变成鬼后不知道会不会成为坏鬼。

"不，爷爷的鬼会跟爷爷一样。"他吃力地承诺道。

那我就放心了。

我的玩具箱里，东西少得可怜。最多的是烟壳折叠的青蛙，最可爱的是剪成动物形状的小铁片，那是买爆米花时夹在里面的，还有钢片做成的飞刀，至于贝壳、黄花鱼脑石之类的就不登大雅之堂了。我十分渴望的东西在我脑海里只有一个模糊的印象，但实在是说不出它的样子也叫不出它的名字。等我再长大一些，可以徒步进城的时候，我就知道我要的是什么东西了。

"怎么还没死呀？"我每天起来，都会好奇地看看爷爷死了没有。

"快了。"他为能在不久的将来满足我而颇为欣慰，"爷爷死了你高兴吗？"

"嗯。"

"是因为能变成鬼吗？"

这个问题我仔细想了想，点点头，又摇摇头。变成鬼呢，当然是一个原因，还有另外一个原因，似乎我潜意识中一直希望他死。

我在小学里，下课的时候，爷爷时常会拿着一截甘蔗，或者一个光饼，穿着破棉袄，冲追逐的孩子堆里叫道："船仔，船仔。"其他的同学就会幸灾乐祸地叫道："你爷爷又来找你啦。"我感觉莫名地羞惭，因为爷爷这副样子真的是丢我的脸。我为有一个乞丐般的爷爷而可耻。我躲避不开，敷衍着收下他手里的东西，把他连推带拉地轰出去。我警告他，以后别来了。他耳聋，也许是故意耳聋，听了半天也没听清楚，更没明白我的意思，一而再再而三地来学校找我，让我成为同学的笑话。我没有办法改掉他的这个毛病——只要姑姑给他几毛零用钱，他就非得整一些零食来讨好我。这些零食我本来是爱吃的，但是他送的，我就倒了胃口。

如果爷爷死了，我就不会继续这样丢脸了。

爸爸有一个朋友，我叫他老酒，不知从何处来也不知向何处去，大概每年有一段时间，会像候鸟一样出现一次。他一般在夏天或者夏秋之间像神一样地出现，住在我们家的楼板上，随便铺个席子，他能睡得天翻地覆，日月无光。他来的目的是在村里说书，他是个职业说书人，肚子里大概藏着几百万字的故事。他说书带劲，悬念很足，一个晚上能够收到好几块钱。白天他则喝酒和睡觉，他一来我们家就要吃肉了。他是个豪爽之人，钱来得快去得也快，一身的江湖气。

爸爸很忙，几乎不跟爷爷说话，倒是老酒偶尔跟爷爷说几句。他喝酒的时候，看见爷爷在病床上，便问道："喝一杯？"爷爷连头都不会摇了，眼睛转了几转，意思是哪里还能喝。不过说实话，爷爷在没有病倒的时候，也好杯中之物，只不过年代苦，连粮食都不够，哪有酒喝？

老酒有钱嘛，妈妈也能给他张罗几个像样的菜，老酒喝得满脸酡红，口沫横飞。爷爷一边像刺猬似的发出"哦哦哦"的声音，一边无力地招招手，示意有话对老酒说。老酒像乌龟般伸长脖子，把耳朵凑近爷爷的嘴边。

"你跟船仔妈妈的事，我可全知道。"爷爷费劲地干着嗓子道。

"不要说胡话，喝点酒，到了那边，不做饿死鬼。"老酒说着，拿起锡酒瓶一滴一滴地把酒滴到爷爷的嘴唇，爷爷一点一点地舔着，回味无穷。那是他一生喝过的最后一次酒。

次日早晨，我像往常一样经过爷爷身边，摸一摸他像蛇皮一样的手，是冰冷的。我像发现了宝藏似的，惊喜地跑出去叫道："爷爷死了。"

大人们很快得知消息，从不同的地方涌来，把他抬到后厅，把床上的东西一股脑扔到外面的垃圾堆。寿衣、棺材、坟墓，一切早就准备了,他的死是一件大家期待中的隆重的事儿。

在学校里,我也骄傲地跟我的同学宣布:我爷爷死了。

"再也不会给你送零食了吧?"

"当然,再也不会来了。"我如释重负,笃定地回答。

我不会把关于鬼的秘密跟同学们分享,他们嘲笑我爷爷,却想不到我爷爷死后能有魔力。

我坚信,死是另一种有趣的生。

二

爷爷死后的第一个清明节,我如约去扫墓。

本来大人们是不愿让我去的,怕我做不了正事又捣乱,但是我筹谋已久,非去不可,爸爸也就拿我没办法了。爷爷的坟墓是新坟,坟面上长着蓬勃的苔藓,周边和石灰缝隙里杂草挺拔,墓地风景颇为宜人,真是可爱的鬼的居所呀。爸爸把杂草和苔藓除掉,坟墓变成了一个光溜溜的坟包,虽然干净整洁,但我总觉得不是那么美——你说一个人光头美还是长着头发美呢?爸爸擦了擦汗,巡视左右,叹了口气道:"石灰用得有点少。"

到了烧纸钱的环节,我接过燃烧的纸钱,然后默默地说出我的心愿。这是与爷爷约定的形式。

说来也巧,爷爷死后,我一下子就知道我想要什么了,一把水枪。本来那时候最酷的是火柴枪,高年级同学手里有火柴枪,经常一声"啪"的响动,一群孩子就围过去了,有极大的魅力。但是一个进城的同学告诉我,水枪更厉害,是可以喷水的,而且颜色很鲜艳,可以把形式简陋的火柴枪甩出几条街。如果拥有一把鲜艳的水枪，那我会受到怎样的拥戴？不敢想象啊！

我在爷爷坟前说，请给我变出一把水枪。当时香火弥漫，我相信爷爷的鬼能听得到。

我许下这个愿望之后，每天早上醒来，都希望枕头上多一把鲜艳的喷水枪。我设想的情节是：鬼是夜间行动的，它趁人睡着时无声无息地潜入房间，把东西放下，然后悄无声息地飘走。

遗憾的是，现实与此相去甚远，我不但枪没看到，连鬼的影子也没看到。如此往复，我突然明白：爷爷轻信了死后会变成鬼的说法。

可怜的爷爷，不应该去死。

这么想来，爷爷从这个世界彻底消失了。那座坟墓，或者每年的祭拜，只不过是对生者的安慰而已。

八月的一天，台风与暴雨过后，天气难得凉爽宜人，每个人都睡得很沉。早晨，妈妈对爸爸说："昨晚梦见你爹从门口进来，左看看右看看，我当时还当你爹活着，问道：'爹，你瞧什么呢？'你爹说：'我房子漏水了，叫三儿去补一补吧。'醒来一想，才知道你爹已经死了，那神态、那语气都跟活着似的。"

爸爸本来拿着锄头要下地，转而上了爷爷的坟头，果不其然，坟包上裂了一道缝，往里漏水呢。这可是件大事，他叫上伯伯一起，商量着取了石灰，去把缝隙牢牢补上。

这件事又让我燃起了希望。我问妈妈："鬼和人说话，只能在梦中？"妈妈说："那可不是，睡梦中灵魂出窍，才可以通灵。"妈妈对鬼神的事，比对人间的事更了解，鬼神世界的来龙去脉她门儿清，任何东西都可以解释。

其后刚好是中元节，我们在家中祭拜祖先，烧纸钱。妈妈备了一桌食物，大抵是一些家常菜，但有两盘鱼是木头的，雕刻得栩栩如生,不知道是否瞒得过鬼魂。我问:"祖先真的回来吃席吗?"妈妈阻止了我的话头,道:"傻孩子,不要胡说,祖先们正在吃呢,饭菜都凉了。"她的意思是,鬼魂们是吃菜肴的热量,菜凉下来证明它们吃过了,最后会变得冰凉。她往装了半杯酒的杯里又加了一次酒,朝空气中喃喃念叨:"你们都吃饱喝饱哦,没事别来作乱,要保佑子孙们安康。"待祖先们吃得差不多了,便是烧纸钱,每一串纸钱上都写着名字,妈妈边烧边低声念叨:"这是大爷爷的,这是大奶奶的,这些钱拿去想吃什么就买什么,别抠门,每年都会给你们烧。这是给他爷爷的,如果房子漏了,可以雇人来修。你喜欢吃带鱼,可以多买点放在家里,咸带鱼也不会坏,猪肘子可劲儿吃,牙齿不好,可以熬烂一点,活着的时候没得吃,在那边就多吃点,反正给你烧的纸钱多。对了,在那边买床厚被子,冬天就不会打摆子……"

成捆的纸钱熊熊燃烧,橘色的火舌伸来吐去,纸灰上下飞舞,好像真的有鬼魂在抢收那些钱。我在火堆前默默念叨:"爷爷,你还记得我们的约定吗?如果真的有鬼,就来我梦中吧。"

俄而,家家户户响起了鞭炮,代表祭拜仪式结束,鬼魂们起驾回去阴曹。我看着那些冰凉的菜肴和酒水,怅然若失。

那天夜里,我刚睡着一会儿,爷爷就来到我梦中了。

"你长高了,不过还是那么瘦。"他一见面就唠叨,还是穿着一件有补丁的衣服,步履蹒跚,好像我们的见面也在他的预料之中。

我记得场景应该是学校,他太爱到学校来找我了。

虽然一年没见,我可顾不得唠叨太多的东西,我切入主题,道:"爷爷,我要那种喷水枪,城里卖的那种。"

"哦,那我得进城帮你买呀。"他还是一贯的口气,慢条斯理,说两句话就要咳嗽一下。他掏了掏破口袋，掏出几张零票，道："钱也不知道够不够。"

"妈妈刚给你烧了纸钱，一大堆呢，说有好几万吧。"我提醒他，他在阴曹已经是个万元户了。那时候人间的万元户傲得不得了。

"那钱，一时半会儿到不了我手里，到手里也不知道剩几个子儿。"他唠唠叨叨，我领悟力还不错，大概了解了他的意思。就是烧的纸钱要通过阴间的银行统一兑换，最后汇到每个鬼的手里。当然，其间阴间的银行会以各种手续或者名目，把钱扣掉很多，所以爷爷对这笔钱并不会抱太多的期许。这是妈妈烧纸钱时完全没有料到的。

"那你能变吗？你说过鬼会魔法的。"我说。

"哎呀，其实鬼没那么厉害，规矩还多，做鬼也憋屈得很。"爷爷无奈但是很淡定地说道，"不过我会想想办法的，熟人那里可以借点，只是到城里有些路程，一时半会儿也到不了，你得耐心点儿。"

"鬼不会飞吗？"

"没你想象得那么厉害。我在生前腿脚不听使唤，变成鬼了也一样。"爷爷道，"做鬼比做人好不了多少。"

我可不想听他唠叨这些，只是催促他："你快点进城吧。"

"这就去。"他说，"让我摸一下你的手。"

由于妈妈潜移默化的影响，我知道人与鬼的好多知识，第一反应便是拒绝："不行，妈妈说被鬼摸了，会生病的。"

"唉，那也是。"爷爷把手缩回去，道，"上次扫墓的时候，见到你爸爸手被锯齿草割出血，我就忍不住摸了一下，想不到他第二天就发烧了。"

这我倒是有印象。爸爸扫墓之后，回来就头疼了。妈妈说是在溪水里洗手洗脚受寒了,爸爸躺了一天,吃了一服草药,第二天才好的。想不到是被爷爷摸了。

这时我听见上课的铃响了,爷爷在操场上跟我挥了挥手,我急忙往教室跑,双腿一用力跳上台阶,就醒了过来,醒的时候还感觉到两只脚把床板蹬了一下。我很兴奋,像找到一个宝藏,但我不想把这秘密告诉别人。

三

隔了一天,爷爷就回到我梦中了。

他带来了我期望中的喷水枪,彩色的,造型特别规整,凹槽与纹路有板有眼,比我见过的所有的枪都更像枪。更可贵的是,它是塑料做的,把所有的木头枪都甩几条街。

"是这个吗?"爷爷问。

"就是这个。"我坚定地回答。虽然我之前没有见过,也不能确定同学说的是不是这一种,但已经没有比这更完美的了。

"不知道会不会喷水?"

"我已经给你装上水了,你试试。"爷爷一副豁出去、好事做到底的样子。

这次爷爷见我的地点是在院子外面。我扬起枪头,对着墙头草,扣动扳机,一股强有力的水流射上去,帅极了。

这把枪要是带到学校,我分分钟就可以成为焦点人物。以前同学有一个新奇玩意儿,我总是拥上去看,可人码成一圈,要摸一下也难。现在我却可以成为被蜂拥的中心,可以傲慢地叫道:"慢点慢点,凡是没跟我吵过架的,都可以给你们射一枪。"

"应该很贵吧？"我问道，如果是高价，绝对可以给这把枪再加分。

"是呀，城里的东西能不贵吗？"爷爷愤慨道，"还好跟你大爷爷借了点钱，他还不满意，说：'兔崽子，你要这么多钱不是去赌博吧。'唉，我都老了他还骂我兔崽子。我说：'我赌博都戒了几十年了，我给孙子买玩具呢。'他边给钱边骂我：'你别光顾着在人间玩，到时候回不去我看你成孤魂野鬼。'哎呀，也就是说给你买东西，才能从他口袋里掏出钱来。"

阴曹地府的生活好热闹呀。

我朝天开了几枪，射出来的水流像彩虹，又像焰火，是我能控制的优美的弧线。操控的感觉妙不可言。

我抬起脚就往学校跑，迫不及待。爷爷在后面叫道："不能跑……"

那叫声跟他生前一模一样。因为我跑的时候总爱摔倒，膝盖上布满溃烂的大大小小铜钱状的伤痕，他老是责怪。

我的脚一抽，醒了过来。

梦中情景历历在目。我往枕边一摸，空空如也，又往被单里掏，只掏到一手湿漉漉的裤裆。

我相当失望，心情跌至冰点。我理想中的情形是：那把喷水枪应该出现在枕边。如果只是出现在梦中，管鸟用？

老酒又来了。他一来，我们全家都很开心，第一是因为他是个名人，我们家沾光，其次是他一来，妈妈就可以加几样菜，日子一下子就好了。

他一身酒气，从床板上醒来，吸了吸鼻子，叫道："哎哟，这个尿臊味，比我的酒味还浓哟。"

他就跟我们一块睡在楼板上，反正没有他不能睡的地方。据说喝过酒的人睡在哪里都是天堂。

妈妈叫了草药婆婆给我看病。妈妈说我老说梦话,夜里睡觉一惊一搐的。草药婆婆给我掐指关节,把每个手指的指关节用指甲掐,掐完就挦一边,颇为舒服。妈妈对草药婆婆说:"他六岁就不尿床了,被子没有尿骚味,我还挺不适应的,现在适应了没尿骚味,这么大又尿床了。"婆婆说:"受惊了会失禁的,吃了药就好。"她留下养心草,让妈妈加个银戒指,炖汤剂给我喝。

终于等到了爷爷再一次来到梦中,我很生气。

"拉你都拉不住。"爷爷一见面就叫道,"我要见你一次越来越难了。梦的场景是不能转移的,一转移你就醒了。"

这次梦到的地方是学校,学生一群一群地聚集在操场,不知道在玩什么,像一坨一坨蠕动的屎。

爷爷把枪递给我,指着那一坨坨的同学,道:"枪给你注上水了,你可以去和他们玩了。"

啊,他不知道我憋了一肚子气。梦中的情景根本满足不了我的虚荣心。

"我不想在梦中,我想把枪带到梦外去,我要真实的枪。"我冲着爷爷喊道。

爷爷愣住了。原先他因为满足了我而一脸兴奋。

"这个,做不到。"爷爷笃定地说,"阴间与阳间,是不能相连的,我的枪你带不回去。"

"都是骗人的把戏。"我哭了起来,失望到顶点,"鬼话连篇。"

我眼泪一滴一滴地掉下来,爷爷木然地看着,似乎那不是眼泪,而是珍珠。沉默许久,最后他道:"我想办法,好吗?可以帮你办到。"

"你又要骗我。"

"不,爷爷跟你说的每句话,都放在心上。"

"我不信。"其实我心里是相信的,我很相信他,"如果你骗我,我就再也不给你烧纸钱了。"

爷爷的鬼愣住了,好像头上被一块巨石击中。

"唉,爷爷豁出去了。"他狠狠地道。似乎下了很大的决心,又似乎在冒一个很大的险。

我心中暗自得意,爷爷不论是人还是鬼,都会满足我的。爷爷叹气道:"你且睡着,爷爷走了。"我说:"记住哟,不要让我把你的话当成鬼话。"

那个晚上,我的梦结束了,但我并没有醒来,而是继续睡着,直到次日醒来,梦境才清晰地在脑海中浮现。

我记得在梦的尾巴,和爷爷还有这么一场对话。

"爷爷,你的鬼跑哪里去了,为什么到了第二年清明节才回来?"

"刚刚变成鬼,是不能出来的。阎王爷会清算鬼的罪行,一条一条地算清楚,你某年某月,做过什么亏心事,还有你某年某月,做过什么善事,一条一条地对证,很麻烦。清算了几个月,那些罪孽深重的,就被投进地狱,出不来了,你给它烧多少纸钱都没用;善恶能抵消的,才能做一个正常的鬼;还有善事做得比较多的鬼,那就更自由一些,可以早点去投胎。"

"爷爷,你是一个正常的鬼?"

"是呀,判官开始把爷爷的一件件坏事列出来,爷爷心惊胆战的,连你爹小时候收拾他一顿都当成罪孽,说我打小孩一顿,小孩长大就会把别人打一顿,是很重的罪。爷爷以为要下地狱了,还好,爷爷做过的善事也不少。有些善事很可笑,大饥荒的时候,饿死很多人,爷爷天天去抬尸体,抬到万人坑埋了,这个在他们看来是天大的好事,得了不少分。"

"如果善恶不能抵消,到了地狱会怎样?"

"哎,你可别提这事,一提我就头疼。"

"鬼也会头疼?"

"那可不是,鬼头鬼脑也是头脑嘛。"

四

老酒喜欢逗我玩,给我变些小魔术,比如说一枚硬币从嘴里吃下去,却从屁股里跑出来,大抵如此,逗得我哈哈大笑,权且消解他的无聊。

老酒那天从楼板上醒来,还带着一身酒气,对我神秘兮兮地道:"船仔,来。"

"干啥去?"我问。

他掏出口袋里花花绿绿的钞票,对我说:"当然是好事。"

钞票是一种有魔性的玩意儿,不论大人小孩都会被牵着鼻子走。我一阵惊喜,知道必有所得。他的酒似乎还没有完全醒来,走路偶有趔趄,但并不妨碍他带着我走出街尾,走到一条进城的路上。

我原来以为他会带我到街上买东西,但现在看来不是,我有点惶恐。除了三年级时学校组织过一次去城郊的烈士墓扫墓,我既没有出过村,也没有进过城。

"去哪里呀?"我拉住他,不想再挪动脚步。

"不想买你的水枪?"他笑眯眯地问。

我跳了起来。我在瞬间明白,是爷爷使了什么法子,让老酒带我去买枪。也许爷爷在梦中交代老酒的。不管怎样,爷爷想的办法真是妙极了，整个村里，可能就老酒口袋里的现金流最丰富。

我蹦蹦跳跳地跟在老酒后面。沿着村道，穿过郑岐和四都才能到达城里，要走一个多小时。过了郑岐，走在田野之间，迎面跑来了一只狗。那只狗，黄毛，脸上布满沧桑，步子悠闲，显然对这一带特别熟悉，它本来很放松地走来，正常情况下跟我们擦肩而过，人畜无害。但走到近处的时候，它突然警惕起来，朝老酒叫了几声。难道它闻到老酒的酒味了？老酒有点慌张，突然蹲下来抱着我哆嗦。我觉得可笑极了，我根本不怕狗，一个大人却被狗吓成这样，简直没道理。没等我安慰老酒，狗突然叫得更凶，并且扑了上来。狗这玩意儿就是这样，你越怕，它就越嘚瑟。老酒见狗扑上来，更是吓得一头栽倒在地。那狗也像疯了一样，还好没过来咬，而是越过老酒，朝远处飞奔而去。

我想把老酒扶起来。他却眼睛紧闭，牙关紧咬，依然昏迷。没见过一个浪荡不羁、酒肉江湖的人被狗吓成这样的。我急中生智，在路边的小溪里掬了点清水，在他脑门上可劲儿拍。这个办法不错，一会儿，老酒就睁开眼睛了。

"我怎么在这儿？"他坐起来四处张望，好像做了一场梦。

被一只狗吓得脑子都坏了，没见过这样的男人。

"你自己带我来这儿的。"我一副无辜的样子，说实在的，我真怕他脑子坏到忘记买枪的事。

"看来昨天酒喝太多了。"他使劲儿揉眼睛，以确保自己能看清，"不过确实是好酒，有后劲儿——我们回去。"

果然，脑子坏得很彻底。

"不买枪了？"我问道。

"什么枪？"他问道，"还是回去喝酒吧。"

真的不知道是该怪那只狗，还是怪他的脑子。我可不答应，我僵在那里不动,眼泪啪嗒啪嗒地掉下来。

老酒想自己起来,试了两次,都没能起来,浑身骨头都软了。第三次他攀着路边的一株灌木站起来,还没站稳突然又倒了下去,这次他没有闭上眼睛,又一次昏睡过去。这次我没有施救,我已经被他气蒙了,自己伤心还来不及呢。

半晌,老酒悠悠醒来,慢慢地坐起,慢悠悠道:"船仔,我们走吧。"

我抹着鼻涕赌气道:"臭老酒,你说话不算数,我不跟你走。"

老酒慢悠悠道:"哦,我不是老酒,我是爷爷,我们买枪去吧。"

他说话是老酒的声音,却是爷爷的语气。老酒变成了爷爷,瞬间我明白了一个事实:老酒被爷爷附体了。

我有一个同学,跟我一般年龄,有时候被神附体,如痴如醉,会说我们根本听不懂的事,我相信他是代表神在说话。诸如此类的事,我了如指掌。

他说着,慢慢起身,开始往前走,动作像爷爷,但是比爷爷有力,毕竟用的是老酒的身体。

"刚才那只黄狗,那个狗眼厉害呀,能见鬼,扑过来咬我,我吓得从老酒身上跌下来,跑到那边树林子里。那只狗走远了,我这才回来。"爷爷说道。

老酒也就四十来岁,跟爷爷比,那是年轻多了。我从未见过这么年轻的爷爷,太兴奋了,问七问八。爷爷说:"你别问了,说话很费精力,恐怕支撑不到城里。"

于是我不再说话,拉着爷爷的手,左右端详他,无比亲热。很早我就知道,死是一种比生更精彩的生。以后我想爷爷了,就可以叫他附体在别人身上,领着我到处玩,到处买东西。

到了城里,爷爷熟门熟路地扎到卖水枪的店,可见他以前来过这里。爷爷掏出花花绿绿的票子，买了水枪还有剩余，机不可失，我还想买点其他的东西。爷爷见我磨蹭，催促道："快走，要不然撑不到家里。"我不明所以，还是收了贪心，跟爷爷回去。

我有个想法，等爷爷到家了，我会跟父母解释："这是爷爷，不是老酒，就让爷爷跟我们一起生活吧。"当然，爸爸妈妈肯定不答应，感觉爷爷活着的时候他们就不怎么待见，倒是死了后尊重多了。妈妈肯定会说："鬼怎么能跟人生活在一块儿呢，绝对不行的。"我想我会说服他们："鬼可比人有意思多了。"

反正爷爷不想说话，一路上我一边玩着水枪，一边就这么胡思乱想着。过了郑岐，爷爷说："你应该认识回家的路了，我撑不住，得走了。"一副很着急的样子。

还没等我反应呢，爷爷就闪人了。老酒身子一歪，昏厥在地，片刻醒来，跟喝醉了酒似的，晃晃悠悠地跟我回家。

老酒一回来就生病了，在我家躺了三天。爱听他说书的人，纷纷来打听："什么时候讲下一回呀？咱们也没少给你钱呀。"那时候连电视都稀罕，老酒自然是受欢迎的人物。老酒没有回答来人的话，眼神空洞，呆若木鸡。

如我所料，我在学校里受到非凡的待遇，被同班同学众星捧月了许久，外班的同学也都慕名而来，有的就是为了看一看。除了跟我有仇的，大部分同学都摸过我的水枪。直到有一天，我被一个眼红的同学揍了一顿，我的明星光环才渐渐散去。

在这些虚荣心膨胀的日子里，我几乎忘记了爷爷。过了好多天，爷爷才又一次进入我的梦里。

"这些天，想进来跟你说一声，都难。"这次梦的场景在野外，爷爷一脸惊惶。

"怎么啦？"

"你阳气太足,我进不来。"爷爷喘气道,"再说了,整天有人在追捕我,我不能明目张胆地晃来晃去。"

想想也是,这是我无比骄傲的一段时间,不过追捕一事,倒让我大吃一惊。

"爷爷,你犯事啦?"

"长话短说,爷爷干了坏事,犯了很重的罪,我很快就要被投进地狱了,我就是想来跟你说一声,不知道以后能不能见了,总得告个别。"

"你真是坏爷爷,怎么能干坏事!"我很生气,教训起他来。

"我附体人身,驱人做事,这在阴曹是极大的罪行。"爷爷边咳嗽边道。

"那你知道这是犯罪吗?"

"当然知道了,可是我真的好想看到你开心呀。"

我一时语塞,如鲠在喉。

"多大的罪?"

"爷爷没文化,对律法的事也不太清楚,现在从狱卒小鬼的动静来看,大得很,至少关个一百年,十八层地狱里至少关到九层以下吧。"

"你怕进地狱吧。"

"当然怕了,哪有鬼不怕地狱……不过,说不定地狱里也会有谈得来的朋友。"

"爷爷,我……"

"没事啦,我不是要你后悔,我是来最后看一眼你。真想摸一下你,算了,不能摸,一摸你就生病了,你听见外面的铁链声了吧,那是来铐我的小鬼的铁链。我得自首去,省得它们骂骂咧咧地问候祖宗。"

我醒来后，脑子一片迷惘。

此后，爷爷再也没有来到我的梦中。

一年又一年，我渐渐长大，每年，都跟着妈妈烧纸钱。妈妈说，有罪的鬼是不会得到这些纸钱的，但是也得烧呀，这些钱会被充公，拿去修建阴曹地府的亭台楼阁，无罪的鬼可以在其间散步健身，给有罪的鬼做榜样。

爷爷，地狱比人间更孤独吗？地狱里的一百年是多长呀？

我十岁之前，各种胡言乱语，一直被家人认为脑子有问题或者被鬼缠身。对我自己而言，十岁前的生活十分真切，也更加真实。卖老鼠药的老头临死也没能送只麻雀给我，但我相信他的情真意切，如果他的鬼有这能耐的话，也能抓只麻雀补上。老酒在多年后已然失散在江湖，不知死活，爸妈一提起他，始终竖起大拇哥：这人着实有义气，给我孩子买过玩具枪。

很多年后，我还是相信爷爷正在地狱里踩着恶鬼的头颅，一层一层地往上攀爬，总有一天爬到我梦中。

白将军

白将军,只有你能告诉我,凶手到底是谁。

一

　　快十岁那年，父亲终于买了一头牛。我果断从学校里跑出来，离开聒噪的同学，成了一个梦寐已久的放牛娃。

　　在山上放牛，庄稼比草多，牛只能吃路边或者岩壁上的草。牛一路上边走边吃，到了半山腰，我就骑在牛背上，一手拉着缰绳，一手拿着竹枝。牛不听话的时候，我就用竹枝打它的头部。牛和我已经相当默契，我一举起竹枝，它便知道走偏了，自个儿调整方向。牛比我的任何一个同学都要友善。

　　我在牛背上喊："春仔，如果你看见我了，就也爬上来吧。我们约好一块儿放牛的。"

　　春仔是我的表弟。他去年死的。我相信他的灵魂一定在山间游荡。

　　过了山头，往下走五六十米，便到了白将军庙。榕树下有一条溪，溪流中有泉眼，牛在泉边喝完水，便被拴在树下休息，半闭眼睛，不时用尾巴甩苍蝇。

　　我走进庙里。白将军的彩色泥塑面目狰狞，但是我现在一点都不害怕。我简直把他当成一个老熟人了。

　　"白将军，只有你能告诉我，凶手到底是谁。"我跪在白将军面前,喃喃道,"请你一定在梦中告诉我。"

泥雕立在一人高的平台上。白将军身后用黄幔遮住,里面是不到一米宽的平台,放着一些用剩的香烛之类。我跪拜完毕,便爬上平台睡觉去了。黄幔像蚊帐一样遮住我,平台里是一个幽暗的世界。

二

从我家翻过一座山,就到了半山村,那是表弟春仔的家。

说是山,其实不过是福建沿海海拔不到一百米的小丘陵,小时候跟着妈妈,磨磨蹭蹭也要走一个小时。在靠近山顶的一个山坳里,会途经一座古寺,叫慈圣寺,不大,灰砖外墙,里面白石灰抹墙,陈旧洁净。慈圣寺分前后院,后院墙上画着地狱受刑图,血淋淋的,算是我最早看过的漫画。妈妈还会给我解说,哪一种罪孽遭受哪种惩罚,来龙去脉了如指掌。妈妈有时候会抽签问事,大事小事公开的事秘密的事都能问。身穿旧青袍的胖和尚拿着巨大的扫帚拂地,朝我们微笑,端茶、解签的时候耐心而生动,我也能听个一知半解。佛国宽容而优雅,给我留下了深刻的印象。

慈圣寺再往前一里许,有一棵百年榕树,树下有一座小庙,庙里供着一个红脸大眼、白牙紧咬的神。到了树荫下,我总想休息,妈妈一把把我拉走,走了很远才告知:这个神原是躲在榕树上的一个妖,对来往路人不怀好意,各种不客气,后来村人集资给它修了这座庙,落庙为神,改邪归正。它毕竟出身不好,万一触动它的邪性,又让人头疼脑热也未必可知,还是少惹为妙。

后来我才知道这尊神叫白将军。这么邪性的神不知为何取了这么个风雅的名字。

这一条上山下山的路，途经树林、庄稼地、坟堆、庙宇、小水库，每一棵小树都有传说，故事多姿多彩，我又是恐惧又是喜欢。如果让我一个人走，那绝对不敢。

下了山，走片刻，就到半山了。这个村子的喧闹与山上的静谧形成鲜明对比，到处都是运砖头的拖拉机"突突突"的声音。村子周围有很多黄土，是制作砖头的材料。那是二十世纪八十年代，刚刚从广东引进的机器制砖是一门好生意，村外建了几个红砖厂，吸收了村中的主要劳动力。一进村子，就能闻到那种泥土被烧焦的干燥的气息。

姨妈的家在村道边上。这条道把村子一分为二，既是街道，又是各个村子通往镇上的要道。运砖车、运土车、拖拉机、中巴，以及三轮摩托车都从此处经过，十分繁忙。下雨的时候，一辆辆车经过，泥水四溅，路上坑坑洼洼，过马路都困难。

春仔是姨妈的孩子。到了春仔家，妈妈就跟姨妈聊一块儿去了，她们有聊不完的鸡零狗碎的大事。姨妈的三个孩子中，我和春仔最聊得来，因为他比我小一岁，而两个表哥比我又大得多，没有什么交流。主要是，春仔喜欢听我的话。

"有一只老虎，躲在草丛里，远远地看着我，真的，我看见它的眼睛了。"我对春仔讲路上的见闻。我说些若有若无的东西，自己也不清楚这些东西是我脑子里想出来的还是眼睛看到的，这样说可以增加春仔对我的崇拜和信赖。

"它没有扑过来吃你？"春仔眨着眼睛问。

"有神的保护，他不敢。"我笃定地说，"没做过坏事的人，都有神的保护。"

那时候我应该是三年级，春仔是二年级，对世间充满了好奇。

"你见过神吗?"他问。

"榕树下那个神,我经过的时候,看他一眼,他也盯着我,但我不能确定他是否也看着我,不过对我没什么恶意。"我绘声绘色地说,"虽然他是出身不好的神,但我估计也能和我成朋友。"

"你是想去放牛吗?"春仔问道。

之前我跟春仔说过,我不太想上学,想让我爸买一头牛,到山上放牛。我可以骑在牛背上,和神灵、若有若无的野兽混在一块儿,胜于在学校里被同学各种开涮。

"是呀。"我说,"我已经跟我爸说了,他只是点点头,并没有完全同意,但希望也很大。"

春仔在我的影响下,也有同样的愿望。

"啊,我也想要这样。"春仔无限向往,不知道是真的感兴趣,还是只想学我。不过他信誓旦旦地说过,喜欢放牛胜于上学。

"那你爸答应吗?"

"还没有。"春仔兴奋地说,"不过我已经想出办法了,我会一直哭,一直哭,从白天哭到晚上,不吃饭不睡觉,这样他就会答应。"

"哪里学来的?"

"邻居有个女人,不停地哭,就什么愿望都实现了。"春仔不愧是个聪明的小子。

我提醒他:"哭是很累的,眼泪也不是无穷无尽的。"

"我会喝很多水,我也不怕累。"春仔说,"有了牛,到时候你从那边上山,我从这边上山,我们在山顶上碰面,如何?"

"最妙不过,我就可以摆脱那些可恶的同学了。"我说,"不过山上也有可怕的东西,你可得小心。"

"哦?"

"我看见一个鬼,跟在我后面,有点透明,走路飘飘忽忽的,你怕吗?"我再次说起路上见闻。

"那你怕吗?"

"和妈妈在一起,不怕。"我说,"而且一路上都是神,鬼也不敢轻举妄动。"

"我也不怕。"春仔说,"我可以给你一根红线,把鬼系起来,做成风筝。对了,你知道怎么抓鬼吗?用血,或者大便。你一见鬼,把血或者大便泼过去,它就被制服了。你回去的时候,我给你拉一坨大便,不过你抓到鬼也要分我一个。"

妈妈和姨妈正在厨房,边忙活边拉瓜子(闲聊),我们在厅堂也叽叽喳喳,本来井水不犯河水,猛然间她们听见"鬼"的字眼,赶紧冲出来,叫道:"呸呸呸,还不赶紧收口,你们这臭嘴!"

大人是不让孩子谈鬼的。

三

很长一段时间,妈妈都不带我去春仔家。她独自去,回来了我才知道,干后悔也没用。我问妈妈为什么不带我了。妈妈说:"这……以后去吧。"我看她回答得很勉强的样子,就知道一定有什么事瞒着我。

有一天夜里,我睡着了。爸爸和妈妈的动静,把我闹醒了。

我们家只有两间房,一间是爸爸妈妈和我睡,还有一间是姐姐们睡。我夜里怕鬼,和妈妈睡一头,爸爸睡另一头。农村人,一天到晚地干活,累得晚上闷头就睡,房事也耗体力,不频繁,半月一月一次,一般趁我睡实了,妈妈到爸爸那一头。我睡眠浅,被惊醒，不知道他们在做甚，但也知道是不宜大张旗鼓之事，假寐。

完事，他们乘兴聊点家常。

"唉，那么小的孩子，说没就没了。"妈妈说。

"你妹妹怎样？"爸爸问。

"也去了半条命了。"妈妈说。

我在瞬间醒悟，翻身起来："是不是春仔死了？"

在黑暗中，爸妈吓了一跳，还尴尬。妈妈连忙爬过来，把灯开起来，抚慰我道："你做噩梦了吧？"

"春仔是不是死了？"

妈妈不得已，点了点头。

"不，你们骗我。"我号啕大哭。

我闹了一个晚上，妈妈哄我，煮蛋给我吃，我也没吃，早上两个白里透黄的蛋安然地躺在碗里。

再一次，妈妈要去半山的时候，我缠着去，妈妈用各种理由拒绝我。我想起春仔的话："只要你不停地哭，什么愿望都能实现。"我哭得越来越伤心。后来妈妈说："如果你不哭了，我就带你去。"

我停住了哭声。我一定要去看春仔，他不可能死掉的，我们的约定还没兑现呢。没有跟我告别，他不可能就离开这个世界。

正在祭祖的时候，姨妈在家里烧纸钱，哭得死去活来。妈妈过来就是为了防止她伤心过度，哭着哭着就死过去。我知道姨妈爱春仔就跟妈妈爱我一样，虽然嘴上从来不说，但心里着实爱得紧。

桌上摆着菜肴贡品，点着香烛，姨妈一边烧纸钱，一边唱着丧歌，偶有眼泪或是鼻涕洒进红色的火堆，发出扑哧扑哧的声音。妈妈扶着她，生怕她一头倒在火堆里。我四处张望，寻找曾经熟悉的踪影。姨妈的房子在马路边，我以前到马路上还没进门，春仔就会兴冲冲地迎上来，我不相信这次他就消失得无影无踪。

"春仔,你怎么提着头颅呢?"我叫了起来。

我看见春仔提着自己的头颅走了进来,他的头颅在朝我笑,而脖子上是空的,怪异极了,不得不使我大声疾呼。

姨妈停住了哭声,愣住了,她一把抓住我,哑着嗓子像公鸭一样喊道:"你看见春仔啦?他还是没有头吗?在哪里?"

我往门口春仔进来的地方一指。不过说实话,春仔瞬间不见了,就在刚才姨妈抓住我肩膀的一瞬间,我的眼睛被一种雾气蒙住,我看不见春仔了。本来他就是那么薄薄的一片飘忽的纸人。

显然,姨妈更看不见。她朝着那片空气抱了过去,好像抱住一个人的样子,她的哭声前所未有的凄凉:"我的宝贝呀,你没有头呀!"

我第一次目睹了一个人浑身瘫软昏死过去的样子,像一根油条瞬间软了。

姨丈和妈妈过去,把她抬到床上,掐她人中,手浸了凉水拍她耳光,似乎要把一个死人打活过来。

我再找春仔,已经看不见了。我的眼睛蒙上了一层猪油一样的东西,我再也看不到心中所爱之物了。但从他进来的表情,我能感觉到他是要回来吃饭的,他一定像平常一样,踩着凳梁爬上去,跪在凳子上,才能够得着桌子。他现在一手提着头,一手喂饭,着实比以前难多了。我坐在另一张凳子上,陪着他吃饭。桌上烛火摇曳,我想有可能是春仔和我开玩笑。

春仔的墓就在慈圣寺边上。它比一般的墓要小很多,但是很可爱,也简单,没有普通墓的制式,只是像一块长条馒头一样,边上立一个墓碑。周围的荒草围绕着它,随着风摇曳。种地的农户、山中游走的众神,甚至是觅食的走兽,一眼就能看出,那是一个八岁孩子的小小的墓。

墓地选在慈圣寺旁边，是有讲究的。

妈妈说，非正常死亡的人是有罪的，包括被谋杀、上吊、暴病，等等。只要不是自然死去的人，都是负罪而亡，要下地狱的。

春仔家的门口就是砖厂的交通要道，每天都能听见突突突的声音，马达声有力地乱窜。天色昏暗的时候，姨妈让春仔去买醋，春仔买了醋回来过马路，被一辆车碾死了。

他死得很惨，轮子从脖子上碾压过去，身首分离。碾压发生之后手还在抽动。

车子趁着黑跑掉了。不知道是什么车。后来警察来了，从现场看，有可能是拖拉机。姨妈昏死过去，醒来后抓住警察，请求他破案。警察答应，如果查出凶手，一定会判他死罪的。

他才八岁，谁也不知道他身负何罪，死得这么惨。

妈妈和姨妈都相信他有罪，也许是前世的罪。墓地选在寺庙旁边，这里是清净之地，有利于修炼，可以早日从地狱出来，投胎成人。

姨妈整整数月，把自己关在房子里，听不得拖拉机突突突的声音。

姨丈就在砖厂烧砖，是个技术能手。估摸着是运砖的车碾死了孩子，这是哪里造的孽呀！他也不敢再去砖厂了。表哥大春也在砖厂开拖拉机，他也吓得病了，在家里躺了一段日子。两个劳动力可是家里的顶梁柱，迫于生计，他们歇了一段又重新出山了。

毕竟活着的人还要活下去。

四

半山村的村医池德明算是村中有文化的人。他自幼从父亲那里继承了一些医术，后来又去进修了一番，草药、西医都通晓，在村中的诊所虽然只是一个小门面，但药材齐全，用药科学，不曾发生过治死人的事，在村医中实属难得。

姨妈来到池德明的诊所，没进门脸就哭花了。她跪在池医生面前，哀号道："你救救我们春仔吧，求你了。"

池德明皱了皱眉头，站了起来。他觉得这女人疯了，可是也不能对她怎样。还好他店里有人，他吩咐道："去把他家人叫来吧。"

姨妈不管不顾，眼泪与鼻涕沾在医生的西裤上。医生从她怀里拔出腿来，问道："怎么救呀？他都死了。"姨妈道："把他的头接起来，我的儿子不能是无头鬼呀，呜呜呜。"

从症状来看，医生更加确定姨妈的精神有问题。

姨丈赶来了。他要把姨妈拖回去，但是泣不成声的姨妈像蚂蟥一样吸附在诊所，实在是拖不走。如此僵持很久，姨妈哭得没有那么厉害了，终于把话说完整。

姨妈的意思是，请池医生在烧香祭祖时，告知池医生的父亲，在阴间给春仔接上头颅。

池医生的父亲池老医生原是赤脚医生，擅长接骨，也在大饥荒时用草药帮人治疗浮肿、便秘，发明过用羊屎当药丸的方法。他在临死前得知自己要死，穿上寿衣，闭目而亡，算是个异人。姨妈认为，池老是医生，死后也是当医生的鬼，要接上春仔的头颅，非他不可。

"荒唐！愚昧！"池医生摇着头，断然拒绝。他不会让这荒唐的举动毁坏自己的英明。人死了就死了，一切烟消云散，而所有的仪式风俗，只不过是生者的寄托。作为医生，他对生死的理解，理性而有分寸，这种见识支撑着他的事业，乃至他的人生。

秋高气爽的一天，姨妈铤而走险，到池老医生的坟墓上点起香烛，祭起了魂灵。她烧了大量的冥纸，献给池老医生。如果这些钱都能在冥币银行兑现的话，池老医生足够建起一栋别墅，或者开一个诊所。堆成山的冥币，每张冥币上都有金箔，那是姨妈半个月日夜劳动的成果。冥币燃起了熊熊大火，被风卷过之后，在空中飞舞。姨妈很高兴，她明白这是魂灵来收冥币了，她的送礼即将成功。大火蔓延开来，把整个山头都烧了，西山头那片松树，被烧得焦头烂额。镇上的人赶来救火，根本于事无补，火烧到慈圣寺边上的时候，自然熄灭。慈圣寺边上的菜园安然无恙。

作为纵火者，姨妈被抓了起来。烧山毁林是要坐牢的，这在民间普及多年，已是常识。姨丈也要被逼疯了，他失去了一个孩子，现在妻子也成疯魔，又要坐牢，真是祸不单行。

姨妈很高兴。她看见火从池老医生的坟墓烧到春仔的坟墓，说明池老医生明白心意，收钱做事，速速赶往春仔的墓地。医术上，池老医生无所不能。大饥荒时，大伙儿吃糠便秘，屎塞在屁眼里出不来，难受得嗷嗷叫。池老医生用耳勺，把一个个肛门里的屎挖出来。这种事都能干得出来，把春仔的头颅接上，应该不在话下。

池医生更是气急败坏，凭空沾上这种倒霉事，父亲的坟墓被烧得乌烟瘴气。他到镇上，揭发姨妈的精神有问题，任此下去，以后非但烧山，还可能连村子也要烧毁。池医生毕竟是医生，这方面的建议果然引起了政府部门的重视。

池医生的举动挽救了姨妈，使她免于坐牢，被强制送到精神病院。

妈妈每过几天就得到关于姨妈的各种消息，总是一惊一乍的，忙得不可开交。来传消息的都是来往半山走亲戚的人，其中最主要的是伞花嫂，她是一个长得像画一样好看的女人，就是嗓门大，喜欢走亲戚，顺带传递各种消息，把每个消息说得夸张而邪乎，引人注目。她娘家就在半山,她经常回娘家,一路上笑声朗朗,极为招摇。她确实是极为少见的连小男孩都觉得好看的那种女人,有一种能引起全世界男人注意的风姿。她从半山回来,离妈妈好远就张口噼里啪啦,妈妈捂着心口叫道:"伞花,你轻声一点儿,别让我心跳出来。"

她像个演员一样,悲哀地摇着头,说:"天哪,你妹妹连精神病院都没法治了,怎么办呀!"

"哎哟,怎么个没治法?"

"遣送回来了呗!谁家里能容得下一个疯女人呀,你快去看看吧。"

伞花嫂把消息汇报完毕,瞬间又兴高采烈起来,由悲剧演员转为喜剧演员,眼波流转。她只有折腾一阵才能消停下来。

妈妈像陀螺一样又往半山走。那条石板山路,她恐怕走了数百遍。

原来,姨妈在精神病院住了不到一周,就被姨丈领了回来。精神病院的工作人员说,没见过这么精神可嘉的病人,在医院里她一个人干十个人的活儿,再让她待下去,护工全要失业了。

五

我翘课了,壮着胆子爬上山头。老蟹伯正在山上给花生锄草,见了我,笑了起来,道:"你背着书包来山上干吗?"

"我来找我表弟,你有看见吗?个头跟我一般大。"

老蟹伯擦了一把汗,指着山中散落的坟墓,道:"山上有的是鬼,没有人,没小孩愿意来山上干活的。"

"我表弟就是一个鬼,提着自己的头颅。"我说。

"鬼能看见人,人是看不见鬼的。"老蟹伯道,"这满山都是鬼,我们看不见的。"

站在山头,能看见慈圣寺,春仔的墓就在寺边上。我想,春仔一定会在这一带玩耍的,即便他是一个小小的鬼。

山中有覆盆子、小红果,树上也有鸟窝,我知道这些都是春仔喜欢的。

"春仔,我来找你了,你看见了吗?"我站在高地呼喊着。

山间有小小的回声,但春仔没有出现。

"即便他听见了,朝你走来,你也看不到他。"老蟹伯停下锄头,指点我道。

"可是我曾看见过春仔,他提着头颅,像一片模糊的、半透明的纸人。"

"哦,最亲的人能看见。"老蟹伯笑道,"也许他就在你身边。"

我在山头凝望良久,有灌木的地方影影绰绰,感觉春仔在和我捉迷藏。本来要下山去白将军的庙里问一问,我想问清楚,他犯了什么罪,要受到这样的惩罚。但是妈妈对白将军的印象让我觉得恐惧,犹豫着最终还是退缩了。

后来我对着空气喊:"春仔,如果你能看见我,一定要来找我,我们可是有约定的。"

人找鬼不容易,鬼找人一定容易得多。

方圆数里,有几个通灵的巫师,我们村的妇女鬼英就是其中一个,名气也大。鬼英四十多岁,有一张白皙的脸,她会的通灵术叫"去阴",顾名思义,就是去往阴间。农历七月,中元节前后,是阎王把鬼放出来与亲人团聚的日子,鬼英会在七月间"去阴"

一次，想打探阴间消息的人早已得到消息，这一天会蜂拥而来。

姨妈自然不例外，她在这天凌晨就赶到我们村，见了我，摸摸我的脸蛋，估计想起了春仔，又泪汪汪了一阵子。

"有见到春仔吗？"她眼泪汪汪地问道。

"他一定会来找我的。"我点了点头。

妈妈说："去阴的时间是晚上，你这么早来干什么？"

"在家我哪儿能待得住。"姨妈说。

晚上，大概七点的时候，鬼英的家被围了里外三重，有一部分人是专门来问事的，也有一部分人是来看热闹的，大人小孩都有。鬼英坐在凳子上，靠着一张方桌，头上是一盏昏黄的灯。她点起香，念了咒语，把头伏在桌子上，右手有节奏地擂着桌子，声音渐小，鬼英睡去。俄而醒来，魂儿已到阴间，躯壳的神情如醉如痴。她的魂儿漫步阴间，见了相熟的鬼，便会问候，那鬼也会回答，她便一人饰演两角，表情口气秒变，惟妙惟肖，让人不得不信。

"见到我的春仔了吗？他喜欢爬树，有可能在树上，你在路边仔细找找。"姨妈不时地在鬼英耳边喊道，惹得旁边的人很不满。

鬼英的魂灵到了阴间，能够见到哪一家的鬼，都是碰运气。让她专门去找春仔，这个不太可能。鬼英如果碰到谁家的鬼，谁家就能和鬼对话，对于姨妈的催促，鬼英置若罔闻。

"阿如婆，你在吃什么呀？这么大口，哈哈哈，你的两个女儿都要问你话呢。"鬼英像在赶集的路上一样，说话兴高采烈。

妈妈一听，赶紧道："啊，碰到我娘了，你们让开一下，娘呀，你还饿肚子呀？"

阿如是外婆的名字。外婆很早就死了，我没有见过，据说是饿了，吃了谷仓着火后烧成炭的粮食，难以消化而胀死的。所以妈妈不知道她是饿死鬼还是撑死鬼。

鬼英瞬间变成外婆的语气,一个有气无力的声音,道:"怎么不饿呢,天天饿,也没东西吃。"

"烧了那么多纸钱,还不够你买东西吃吗?"妈妈伤心道。

"哪儿有那么多钱,到我手里就没几个了,七扣八扣的。"外婆不咸不淡地说,"再说了,什么时候能吃得饱呀,从来就没尝过饱的滋味。"

妈妈就哭了。妈妈参加过几次去阴仪式,去阴师都碰见了外婆,外婆老在路边吃脏兮兮的东西,有时还是垃圾堆里的食物,倒是容易碰上。妈妈每年给她烧更多的纸钱,希望她能吃到高级一点的食品,可是她每次都在路边吃,每次都喊饿。妈妈嘴上没敢说,但心里笃定她是个饿死鬼。这样的鬼,还有什么好做呢!

姨妈抓住鬼英的手,叫道:"娘,你看见春仔了吗?你的外孙呀?"

外婆悠悠道:"他那么小,来阴间干什么,你们别骗我。"

"他确实在,娘,你去找找他吧,他太小,照顾不了自己的生活。"姨妈瞪大眼睛。

"要找你自己找。"外婆没好气地说,"我饿得走不动路,你们谁管过我?"

姨妈大哭,几乎要把鬼英的身子当成树来摇晃,道:"你是不是做鬼做糊涂了,他是你亲外孙呀,我的儿子呀!"

姨妈被人拖了出来。鬼英从外婆身上脱身,又往前走,看她的表情,确实是在阴间的一个集市上,打招呼的人特别多。

仪式进行了三个小时,终究没有看见春仔。妈妈和姨妈擦干眼泪,浑身瘫软地回了家。

姨妈不甘心,她希望鬼英能再去一次,专程去找春仔。这不太可能,我们跟鬼英没有这么深的交情。

姨妈豁出去，使了一大招，决定花五块钱让鬼英去一次。姨丈和表哥赚的钱都在姨妈手里，姨妈有这个能耐。妈妈去当说客，软说硬说，洒了几把眼泪，鬼英最后咬牙打破规矩，道："有钱能使鬼推磨，我今儿就应了这句话。不过可得说好，我可以去阴，但找不找得到春仔，可不打包票。"

协议就这么达成了。七月是鬼来到人间走亲访友的月份，过了这个月，大多数鬼就被关进去了，要找就更难，姨妈希望立马执行，既然能找到外婆，就能找到春仔。鬼英说："三天后来吧，可别走漏风声。"

鬼英去阴一次，元气大伤，需要养个三天。如去得频繁，还会折寿，阴阳来回，付出的代价颇为沉重。

第二次去阴，只有妈妈和姨妈在身边。姨妈有准备，鬼英灵魂出窍之后，姨妈唠叨道："春仔也有可能去供销社，他喜欢玻璃瓶里的糖果，有时候会巴望一整天，你看下阴间有没有供销社，有的话就太好了，活着的时候就没吃过几颗糖，整天念叨。学校里就别找了，他不爱上学，见了书就头疼……"

不知有没有听到姨妈的提示，鬼英神情恍惚，右手攥拳擂着桌子，以示她在阴间活动。今天路上的鬼没有那天的多，那天是鬼的集市，今天鬼买足东西都散了，鬼英不得不东张西望地找鬼。有的鬼不相熟，鬼英就一脸失望，叹口气；有时见了熟识的鬼，鬼英就抬手招呼："嘿，阿伯，有见到春仔吗？阿如婆的外孙，一个八岁的小鬼，没有脱罪，还在修行，这种小鬼很少，你见到应该有印象，想想在哪儿，告诉我……"

如此往复，不厌其烦，可见鬼英的尽心尽力。

突然间，鬼英变成了一个苍老的男声，慢悠悠地道："看见啦，就从这儿过去了，扒在一台拖拉机上，那孩子太皮。"

姨妈愣住了。她朝鬼英叫道："别让他扒车，太危险了。"

鬼英神情严肃，摇动桌子的拳点更加密集，表明她在阴间剧烈走动，十分费劲，有可能是跑起来了，可以听见她急促的喘气声。姨妈更加着急，恨不得帮鬼英架一双翅膀。

她大口大口地喘气，似乎终于停住脚步，叫道："春仔，你下来，你娘有话跟你说。"

姨妈瞪大眼睛，只差抱住鬼英。

鬼英笑了起来。天哪，那是春仔的笑声，春仔做错了事之后那种得意的、带着请求原谅的笑声。

"春仔，春仔，我的儿呀，你怎么死一次还不怕，还在扒车呀！"姨妈抓住了鬼英的手，泣不成声。妈妈扶住姨妈的肩膀。

春仔用细细的声音回答："坐车快呀，我要去远一点的地方玩。"

姨妈抓紧鬼英的手，惊慌地道："别去，听娘说，你在那边去找外婆，她最亲，她是你最亲的亲人，好歹会照顾你。"

姨丈突然进来了，后面跟着伞花嫂。姨丈见了这架势，就知道姨妈干什么勾当了。他痛心疾首，妻子变成了一个说疯又不疯说不疯又是疯子的女人，他辛辛苦苦赚的养家钱，都被她花去搞子虚乌有的迷信事了。她求神拜佛大手大脚，家里堆着大把的香烛纸钱，却在饮食饭菜上缩手缩脚。他和表哥大春都在砖厂干活，那是体力活，需要结结实实的饭菜打底子，她却用汤汤水水，能对付就对付，这让老实、隐忍的姨丈气急了。

伞花嫂在身后，眼神紧张而包含期待，不用说，给姨丈传消息、带路，全是她一手操办的。

姨丈虽然愤怒，但毕竟修养还可以，没有拳脚相加，只是咬着牙一字一句地质问道："这个家你还要不要，还有两个儿子，你还管不管？！"

姨妈被这一幕干扰，但并不影响她面对春仔的专注。她用哀求的眼神盯着姨丈,希望他不要破坏这神圣的一刻。她把姨丈铁塔般的身子摁了下来,让他坐在凳子上,更加耐心地道:"爸爸来了,你想对他说什么吗?"

春仔细细而调皮的声音从鬼英嘴里出来,愈显真实:"爸爸,我想要一头牛。"

姨丈就那样愣住了,他突然抱住姨妈,发出猛兽一样低沉的痛哭。男人一生很少这么失控地悲伤。

这个愿望是春仔和姨丈的秘密,也是我和爸爸的秘密。

姨妈忍着悲伤,把哭声止住,理智重新回到了脑海,她哽咽着轻问:"池老医生来看你了吧,他把你的头安上去了吧?"

春仔不屑道:"我整天在外玩,他找不到我,不过我听说他找过我了。"

"那你的头能安上去吗?"

"安上去又掉下来,还不如提在手上。"春仔满不在乎道,"不过一吃东西就从脖子上掉下来。"

"啊!"姨妈撕心裂肺地惨叫着,直至昏死过去。姨丈号叫着抱住她,人生凄惨,莫过于此。

春仔好动,能说这么多话已然不错,趁着停顿的瞬间,又溜走了。鬼英悠悠醒来,恍如隔世。她被妈妈扶着躺倒在床上,妈妈喂她备好的党参汤,她也无力喝下,只想休息。几天之内,两次去阴,她的元气耗到极致了。

六

我终于在梦中等到了春仔。那种感觉很神奇,我觉得春仔还活着，只不过以另一种方式。我迫不及待地告诉了妈妈。

"孩子，你别老想这事，想了就会做噩梦。"妈妈告诫我。

"不是做噩梦，是好梦，是春仔来找我的。"

"哎哟，胡说，你欠着春仔什么啦？"

"不，我在山上叫春仔来找我，他听得见。"

妈妈这才信了，仔细打量我，看看我是说胡话还是怎么的。

"春仔在做什么？"妈妈开始认真询问。

"吃冰棍。"

"他的头还没接上吧？"

"没有，嘴里吃的冰棍，从脖子流下来。"

"唉，那么多好吃的东西，为什么要吃冰棍呢。"妈妈叹道。

妈妈特别不喜欢小孩子吃冰棍，因为我曾经吃冰棍闹过肚子。

"春仔没钱，是从街上讨来的。"

"胡说，你姨妈给他烧了不少钱。"

"烧的纸钱被扣押了，到不了他手里，春仔是罪人。"

"天哪，阴间也没天理！"

妈妈听了状况，紧跟着就去告知姨妈，每一个关于春仔的消息，都能给姨妈带来一点惊喜。她们商量着请一个神，来帮助春仔摆脱窘境。

伞花嫂是个演员，也是个观众，她喜看人间极致的悲喜剧，这会给她带来阵阵高潮。那时农村还没有电视机，可想而知，所有的戏码她必须自导自看。靠着这种精神的营养，她笑靥如花，朗朗笑声回荡在村落之间。她是我见过的世上最快乐的人，没有忧愁。

"你妹妹死了！"她的大嗓门在我家后门响起。

妈妈惊得从门里蹿出来,她几乎跪在伞花嫂前面,抓住她的腿:"她怎么啦?"

伞花嫂一仰脖子,做了个喝农药的手势,惟妙惟肖。那是农村妇女流行的自杀方式。

我妈慌了神,就要往半山走。我死死拉住她,要跟着她去。春仔死了,我不知道;姨妈死了,我一定要去,我要看看死是一种什么玩意儿。这个死神,我要把你揍死!

妈妈又气又急,见我像一团鼻涕甩不掉,她从大扫帚里拔下一条小竹枝,剥开我的裤子,抽打我屁股,屁股像被针刺一样又痒又痛,上面留下细细的血丝,爽得不得了。

伞花嫂建议道:"重一点,屁股蛋打花了,他就有记性了。"

伞花嫂目不转睛地盯着小竹枝落在我屁股蛋上,看得极为认真。

妈妈抱着我的腰,边抽打边哭道:"你这个冤家,就是你一句话害死你姨妈了!"

伞花嫂默默地去屋里拿了醋,帮助妈妈涂在我屁股上,那电击般的刺痛,一辈子难忘。我蹬着腿号叫了一阵,感觉自己像一只被捆绑起来的猪。

妈妈说:"还去不去?"

我说:"不去了。"

妈妈总共这样打过我两次。还有一次是我去河里游泳,被她收拾了一顿。村里有孩子在河里淹死过,游泳极为忌讳。

妈妈把我收拾妥了,失魂落魄地往山那边走。走了一百米,她又被伞花嫂叫回来,道:"回来回来,不是往那里走,她已经被抬进城了,现在应该在医院里。"

"有救吗?"

"还不是死马当活马医,吐白沫翻白眼,死相很难看的。"

妈妈掉转方向,朝村的另一头走,要到隔壁村才可以坐公交进城。我抹了眼泪,远远地跟在后面,到村口的一棵荔枝树上坐着,等妈妈回来。

姨妈在医院里被抢救过来了。妈妈就在那里照顾。我夜里一个人睡,心惊胆战,但也有些安慰:我不相信姨妈会死,所以姨妈还活着。我也不相信春仔会死,所以,春仔还会活着。

只是,他在哪里活着呢?

春仔,如果你再次来到我梦中,你一定要告诉我怎样你才能活过来。因为你不该死,一个小孩子不该离开爸爸妈妈跑到另一个世界,那样太孤单。

池医生跑到医院去看姨妈,不仅出于一种道义,还带着满腔疑惑。当初他认定姨妈精神有问题,他的话是有权威的,但是姨妈进了精神病院,不到一周就被放出来,这对他来说,明显是一种羞辱。而现在喝药自杀,不正说明姨妈精神确实有问题吗?

另外,这个女人的死去活来,跟自己当初的冷漠拒绝有关吗?池医生是个自信的人,有一套现代的生活理念,他认为自己的种种做法,是合情合理合法,破除迷信合乎科学精神的。但他又隐隐觉得总是有一点不妥,不妥在何处,无从可知。一个人的身体出现问题,他能抽丝剥茧找到源头,现在他觉得姨妈的生活出现了问题,这让一个乡村医生想破了头却没有答案。

池医生把两盒罐头放在床头柜上,然后坐在病床前,仔细地观察着姨妈。这个从阎王爷手里被救回来的女人,一脸苍白,精神尚好,只是在遗憾为什么没有死成。

"你有几个孩子?"池医生轻柔地问,他在考察姨妈的神志。

"三个。"姨妈缓缓地伸出三根手指。

"那是以前,现在只有两个了,知道吗?"池医生劝诫道。

"不,还有一个,在别的地方。"姨妈坚定地说。

这个答案也还算及格,不能肯定她的精神有问题。

"为什么要自杀呢?"池医生问道。

"我想去那边照顾他。他接不上头颅,一吃饭就漏下来。我的孩子呀,他日子怎么过,别的鬼怎么看一个整天提着头颅的小鬼,肯定欺负他。"姨妈悠悠道,"大春二春都长大成人了,春仔更需要我,我就想去那个世界。"

池医生当头遭到一闷棍。他终于可以确定,这个女人不是精神病,是傻,是痴,是没有接受过一点儿科学文化教育的文盲,是比精神病更可怕的愚昧。

不管怎样,作为医生,总是有善意的初衷的,因此池医生耐心地道:"这个世界上没有鬼,也没有神,只有我们看到的一切,你懂吗?"

姨妈同情地看着池医生,为池医生的无知表示遗憾,她比池医生更耐心地道:"你爸爸去找春仔了,只是没有找到,他是个守信的老人。"

池医生摇了摇头,道:"那些个神汉神婆装神弄鬼来骗你,你不要再相信了。那个世界是不存在的,你死了也白死。"

池医生告辞了。这个世界的愚昧,中国民间几千年方术的积淀,不是靠他一张嘴就能改变的,他爱莫能助,已经尽力了。

"给你爸烧纸钱的时候,代我谢谢他,他是个有德的医生。"姨妈对着池医生的背影道。

为了姨妈家的事,妈妈也心力交瘁。外婆死得早,妈妈照顾姨妈和舅舅,既当姐姐又当妈,一人管着好几家,整天挂在嘴上的都是烦恼，没有过快乐的时候。我在妈妈身边长大，满脑子也都是忧愁，人活着就是满腹心事，解决了一件又来一件，没有放得下的。直到长大了，有一天，我突然醒悟，觉得伞花嫂那种女人其实是最好的，根本不知道忧愁为何物，别人多么不开心的事，在她眼里都是一味开心的调料。她死后一定是一个开心鬼。能娶一个伞花嫂那么漂亮，那么笑声朗朗的女人为妻，实在是再妙不过。

我屁股上的小伤疤渐渐结痂，摸上去沙沙的，就如屁股上长了麻子。有一天睡觉的时候，妈妈摸了摸我屁股上的麻子，问道："还疼吗？"

"不揭开就不疼。"

我偶尔手贱，会把一个痂揭开，新的皮肤还没长好，又露出红通通的带着血丝的肉，汗水一渗，又是那种麻辣酸爽。

"妈妈也不想打你。"她感叹道。

"你打我的时候，我就觉得世界上没有任何人爱我了。"

我没有朋友，跟爸爸也比较疏远，对妈妈极度依赖。妈妈，春仔，以及山上的神，是我屈指可数可以依赖的。

"明天妈妈带你去姨妈家。"妈妈岔开话题道。

"太好了。"我扑在妈妈身上。我和妈妈之间恢复了其乐融融的关系，那是难得的让我有安全感的极度放松的时光。

"不过，你要对姨妈说，你看见春仔了，他的头已经安上了，他玩得很开心。"妈妈循循善诱，她极少有这么缜密的思路。

"不，我已经看不见春仔了，我的眼睛蒙上了一层猪油一样的东西。"

"看得见看不见不重要，但你要这么说，知道吗？"妈妈坚决道。

"不，说谎会下地狱，被割掉舌头的，这你知道的。"我坚决反驳道。

我一下子就想起了慈圣寺的后院墙上的地狱受刑图。那些有罪的恶鬼，有的下油锅，有的被火钳子炙烤，而被割舌头的鬼，正是因为撒谎。妈妈跟我一起看过很多遍，对此我们心知肚明。

妈妈抱住我，说："可是你不这样，姨妈还会去寻死的，她的脑子里全是春仔。听妈的没错，救人的谎言也许没那么严重，如果真要受刑妈妈也会替你受的。"

一边是遥远的谎言的下场，一边是近在眼前的妈妈的垂泪哀求。我只是一个十岁不到的孩子，对真理的把握根本没那么硬朗。

我忧心忡忡地踏上了旅程。这是我第一次当演员。姨妈正在灶间起火，她憔悴得像个人干，眼神黯淡，像一个活着的死人。

"你为什么要去死呢？"我问姨妈。

"我不过去，春仔会恨我的。"姨妈又伤感道，"姨妈一肚子的苦，说也不能说，还是死了，才能跟春仔交代清楚。"

我觉得莫名其妙。我能感觉到，姨妈有很重的心事。

"我刚才看见春仔了。"我不自然地说，好在厨房昏暗，只有灶肚的火光照耀我的脸。

"在哪里？"姨妈有点不信。

"在路上哟，骑着一头牛。"

"啊，真的呀？"去阴之后，姨妈烧了一头很大的纸牛给春仔，真没想到这么快就收到了。姨妈惊叹道："他怎么样，还提着头颅？"

"不，他的头已经完好了，跟我的头一样。"

"天哪！"姨妈眼里露出精光，像一道闪电把她身体激活了，她朝山的方向跪下，道："池老医生，你的大恩大德我永世不忘，他年我到了那个世界一定给你做牛做马。"她虔诚默念，相信自己的每句话池老医生都能听见，她的额头顶在地上，嘴巴亲着地上的泥土。她的吻直通黄泉。仪式完毕,她对我说:"你再去看看,春仔还在不在,看看有没有别的孩子欺负他。"

我趁机跑了出来,闷闷不乐地走到屋后的池塘边坐下。三两只在塘面飞旋的白鹭,意欲停落。我默默看着,我撒下的赤裸裸的谎言在心中堆积,不由得眼眶湿润。在我的见识经验中,我能感觉到地狱的判官已经在记账本上记下了我的罪过。

姨丈不知何时坐在我身边,握住了我小小的手。他收工回来,也得知了阴间的讯息,他默默的感激加重了我的愧疚。他拾起一块泥土,朝塘中停着的白鹭扔过去,白鹭受惊,起身翻飞。

"为什么要扔白鹭?"我问道。

"它吃池塘的鱼,胃口可大了。"姨丈说。

"可是它是最洁净的鸟,它会不会是最善良的人的灵魂变来的?"

姨丈不是很理解我的想象,不过我的说法终究启发了他,停了片刻,他说:"其实它是一种好鸟。一个池塘里白鹭突然云集,说明这个池塘的鱼病了,提醒人们要换水。"

哦,这种说法与我的直觉相通了。白鹭的洁净一定意味着某种东西。

姨妈做了几个菜给我们吃,她瘦瘦的身子已经充满活力,她在灶间灵活翻炒,眼里含着闪烁的泪花。我却怎么也吃不下,只扒了几口。饭后我主动央求妈妈早点回家。这在以前是不可能的事。

从半山村出来走到山脚,依旧是尘土飞扬,拖拉机来往飞蹿。我默默无语,眼前出现一幅图景:一个恶鬼被铁链锁着,赤裸着跪在地上,一把长长的剪刀,剪着它的舌头,它嘴里流着血,疼得已经喊不出来了。

风拂着山上的草木与庄稼，喧嚣消失，尘埃落定，被姨妈烧掉的那片黑色的山清晰可见。

"妈妈，鬼被割了舌头会痛吗？"我打破了沉默。

我感觉一直沉默下去，恐惧会要走我的命。

妈妈低下头，惊叫起来："啊，你脸色这么白！"

我没有回答，不愿流露出我的恐惧。但我心里的一切写在脸上。我和妈妈对人生的全部认识，来自《三世经》，那是讲前世、今世与来世因果报应的文字，三世人生都紧紧相连。一切罪恶，大的、小的，都会被记在账上，在轮回中接受惩罚，地狱受刑图上有具体的表现。妈妈深知其中三昧，她无法编个谎话来哄我。她正正经经地认为，说谎是要被割舌头的，特别是我这种触犯阴间律例的谎。

以前我在夜里怕鬼怕黑，她抚慰说："有妈妈的孩子都不应该害怕。"于是我的心就定了。现在，她连这句话也不敢说了，她无法跳出轮回报应的阴影。

她紧紧拉住我的手，试图给我力量，不让我颤抖。但我无法控制，我加快脚步，觉得只有山上的众神会给我力量。

到了榕树下的时候，一种力量让我突然挣脱妈妈的手，第一次贸然走进白将军的庙里。对着神像狰狞的面孔，我祈求道："白将军，春仔究竟犯了什么罪？为什么要受到这样的惩罚？为什么你不把凶手抓住？凶手抓住了，他就可以投胎了。"

树上几只白鹭突然被惊飞，在树荫间徘徊。我突然明白，白将军，就是白鹭化身的神，一定是个被人认为邪恶其实追求公平纯洁的神，它一定会为改变世道不公而努力。

七

躺在黄幔后的平台，我被一阵声音惊醒，闻到了袅袅香味。

不用说，应该是求神的人在点香磕头，捧着签筒问事，一个妇人喃喃自语："敢问白将军，昨天我儿在此山放羊，回家时发现丢了一只羊，是成年羊，胡子发白，甚是乖巧。想问白将军，能不能找到？去哪里找？求白将军显灵告知。"

我在后面哑着嗓子，尖声道："去增坂村找找便知。"

妇人大惊失色，摇着的签筒都掉了，她慌忙捡起，叩头道："我这就去，找到了必然来道谢！"

神的声音都是嘶哑的，这个是我从上身的神汉那里得知的。增坂村的老蟹干活，捡了一只羊，全村都打听了，没人认领。

做神的感觉真好，我从黄幔后面跳了下来，对着白将军道："我可帮了你忙了，你可要记得。"

后来陆续有人来求神问事，有的问该不该养殖，有的问家里有霉运是不是有鬼邪作怪，我在黄幔背后，口才有如神助，一一替白将军做了解答，虽不是正解，但亦有指点，颇有乐趣。

有一天又是一个妇人的声音，带着哀凄的哽咽，道："家中儿子被童灵缠身，梦魇不断，夜不得休息，浑身无力，日渐消瘦，吃药也不管用。求白将军施展法术，将童灵带走修行，救救我儿子。"

我心领神会，嘶哑着声音道："那童灵一定是惨死车祸，断过头的。"

妇人哽咽道："就是就是，不过现在头是好了。"

我威严道："好了也是歪着头的。你可知他为何骚扰你儿子？"

"与他的死有关……他被碾死心有不甘，想找罪人替罪，以便早日投胎。"妇人凄惨道。

"知道就好，明日把你儿子带来，在我面前用竹枝打一百下，脱光屁股狠狠地打，我自会让童灵消气，让他远走消罪修行。"

扑通一声，妇人的头重重磕在地上，道："我明日此时必然照办，只求白将军救我儿子一命。"

"记得带一瓶醋来，抹在他的屁股上。"我补充道。

屁股被去叶的竹枝打出血丝的时候，涂上醋，那种疼痛我承受过。必然是我能想出来的最高惩罚。害死春仔的罪魁祸首，必须要接受这样的惩罚。

次日，我跟妈妈说："今天害死春仔的凶手就要来了，你跟我一块儿去捉住他。"

妈妈愣了愣，道："说什么胡话。你可别再提这一茬，你姨妈刚刚消停，可别再惹她伤心了。"

"可是，没有抓住凶手，春仔没法投胎呀。"

妈妈操起插在墙上的竹枝，道："看来有日子没教训你了。"我吓得一溜烟就跑了。

我是一个人前来的。我把牛放在溪边的蓬草丛中，拍拍它的屁股，我对它说："你自个儿管自个儿，我还有正事要办。"牛回头看了我一眼，很少见地叫了一声。它肯定有什么事交代我，但是我无暇理会。

我走进庙里，朝白将军拜了一拜，它的眼珠子乌溜溜的，有灵动的神采。我相信，我不用说什么，它已经明白我的意思了。我躲到黄幔背后，倾听外面的每一点声响。时间变得漫长，我困了，打了个盹，睡了过去。在一阵袅袅的香烟中，我迷迷糊糊听到一个妇人哭诉："天黑路湿，他碾了人，也不知道是谁，就跑了。照理说，杀人是该偿命的，可他也不是故意的。他受到的惩罚已经够了，白将军，求你化解吧。"接着，我听见一个男的，发出杀猪般的哼叫声,应该是被打屁股了。我想揭开黄幔冲出来,见到我梦寐以求的凶手。但是我浑身无力,如置身茫茫云雾,脚像踩着棉花,我晓得这是梦魇,脑子清醒,却无法从梦境中抽身。

我嘴里大喊:"白将军,是不是你搞的鬼?!"

一只白鹭从远处飞来,长长的翅膀渐渐收拢,那从容优雅的姿态我无法忘怀。它定住后,只在一瞬间,便幻化成一个白衣妇人,相当自然,修长的翅膀变成修长的双手。人们敬奉的白将军,原来是一个像观音菩萨一样的女神,像所有孩子的母亲。这让我大跌眼镜。我大声说:"你让我起来!!"

她摸了摸我的头,笑着说:"每天模仿我跟人胡说八道,我还没找你算账呢!"

我说:"求求你,我要起来,我要给春仔报仇!"

她笑了起来:"这事轮不到你来管。"

我明白她的意思,看来她是有意打破我的计划了,我不知从哪里来的力气,一把抱住她的脚:"这样不公平,对春仔不公平。"她摇了摇头,答非所问:"那些个当妈妈的,孩子都是他们的心头肉,没一个不焦心的,我是神又能怎么样?"她朝我无奈地瞥了一眼,又变成一只白鹭,细细的腿儿,轻巧地就从我手里逃脱了,或者说,在她眼里,我的手好像不存在。

等我手脚活动自如,跳下神台的时候,庙里已经一片安静,像什么都没发生。我跑出来,四下张望,牛正在庙门口等着我。山路弯弯曲曲,时隐时现,我爬上牛背,可以看见,远远的有两个人,一男一女,不用我想,就是那一对母子,正从山路走向更大的机耕路。而我根本无法看清他们的样子。正如多年以后,我看见了世界的真相,却无能为力一样。

神启幼年

我要去守护另一个需要守护的孩子。你已经十岁了,该对自己的命运负责了。

一

谁在幼年没有与神共度？

推究缘由，得从我妈妈说起。她有一张管不住自己的嘴，不小心把我的两件丑事说了出去。第一件是我九岁了还尿床。第二件是我一定要跟妈妈一起睡，还摸她的奶子。

已经有多年没有尿床了。对于我来说，没有尿床是一件标志着长大的事情，我引以为傲，妈妈也因为不用再晒被子对我多有褒奖之词，这样大概维持了三四年。九岁这一年突然间小鸡鸡失控，早上醒来，睡裤和被子湿成一片。虽然不是天天如此，但是一个月来那么一两次，足以让我羞愧难当。妈妈烦了洗晒被子，找来偏方草药给我吃，并不管用。总之，我的小鸡鸡已不是我能掌控的了，它像一个独立的兄弟，任性而野蛮。

我晚上要跟妈妈一起睡，直接的原因是怕鬼。在我的认知体系中，黑夜就是鬼的天下，每一处黑暗的地方，必有鬼魂游荡其中。这得益于妈妈的教育和农村的环境。农村人，对于人间的事一头雾水，对于鬼神之事了如指掌。我常常担心，如果长大成人，要独自生活了，没有人一起睡怎么办？这个问题困扰我多年。至于睡梦中摸妈妈的奶子，那纯属无意之举，但是从同学的口中以嘲笑的口吻说出来，是多么令人羞愧而凄惨。

村妇们在一块儿聊天，难免对比自己儿女的点点滴滴，叽叽喳喳，什么秘密都不存在了。就这样，妈妈把我的两个软肋透露给安凑的妈妈，自然而然，传到安凑的耳朵里。

本来我在班上，跟安凑很要好，因为我们住得很近。即便被其他同学孤立，也好歹有个支撑。后来，安凑叛变了。有一天他跑到长乐家里，告诉长乐，他会跟我绝交，以后当长乐的马仔，唯其马首是瞻。叛徒安凑的见面礼是把我所有的秘密都告诉长乐。那长乐是班上男孩子的头儿，得知那么多内容，兴奋得不得了，这下他们有多得不得了的取笑我的资本了，我可以给他们带来多少欢乐呀。下课后，一伙人对着我说起尿床呀、摸奶子呀，还有捧哏和逗哏的。我往操场上躲，但还是架不住他们各处搜寻，他们围绕着我，像围着一只马戏团的猴子。

世界像布满虫豸走兽的花园，绚烂而恐怖。

我曾想求救，但是求救谁呢？妈妈，这不可能，这种可笑的事在她看来根本不算个事；即便她生气，又有什么办法呢？叫她到学校替我出头？一旦如此，只会招来更大的嘲讽。爸爸就更不可能了，我跟他相当疏离，甚至极少说话，就如生活在两个世界。告诉老师，有什么用呢？她自己被学生捉弄都应付不了。我有时候也会因愤怒而反抗——就是诅咒他们，但效果不佳。想来想去，我觉得此事无解。

我被一伙人围着吐口水，女生偶尔会在一旁看热闹，这更是令人羞愧得不得了的事。虽然有的女生眼里露出同情，天哪，这种同情，我宁可不要。谁都知道我是个孬种。

民兵连长安彪晃着他高大魁梧的身子从操场上路过，他的眼神犀利，一眼就看出什么情况。他停下来，大喝一声：鬼崽子，你们来上学还是来欺负人的？长乐看了一眼安彪，满脸不服气，觉得大人不应该管孩子的事。安凑叫道："他有枪。"

一伙人一哄而散。

安彪像一只老虎，长乐、安凑他们像一群狐狸，而我像一只兔子。

安彪由于是民兵连长，他还喜欢穿一身绿色的军服，精神头十足，全村中长得最有模有样的人就是他了。安彪负责看管全村的庄稼，使庄稼免受偷盗，每当花生或者红薯收成，他会带领人马守在路口收取提成，那些想逃避的农民会被他从小路上揪出来。总而言之，安彪是整个村子的守护神。他从不劳动，他的工作就是威风凛凛地巡逻。

我朝安彪投去感激而崇拜的目光，他并不理会我，径直走进学校。维护学校的安全也是他工作的一部分。我想，如果安彪是我爸爸，这个世界再合适不过了。

对于强悍的人来说，被孤立算不了什么事；对于懦弱而敏感的人来说，这是一种极大的精神摧残，只有经历过的人，才能明了其杀伤力。

我白天怕上学，怕同学，晚上怕鬼，晚上恍惚中能见到鬼的影子。恐惧无时无刻不在空气中弥漫，日子实在是过不下去。这样扛了一个多学期，我终于想出一个办法。

我决定自杀。

自杀不仅可以结束无休止的折磨，还可以变成鬼，可以去实现我的诅咒。这是死了的好处。

我知识有限，只囫囵吞枣地看过一些演义之类的小说——爸爸床头那些残本，知道有一种壮烈的自杀是自刎。我认为那种自杀执行度很低，杀了一半倒下怎么办，更何况需要一把锋利的剑。古人的死法实在是学不到。现实点说，吃农药或者老鼠药那种自杀，我觉得很低级，我虽懦弱但品位不俗，我觉得必须选择一种非比寻常的自杀方式，以便在短暂的人生中留一点绚丽。

从学校的楼顶跳下来是个不错的选择，足以改变我一贯懦弱的受气包形象。

学校是旧祠堂改建的，两层木楼，二楼是教师宿舍和办公室。从二楼木廊上跳下来，肯定摔不死，最多摔断腿什么的。但是从走廊尽头的一把木梯子（那是每年台风后修整瓦片的工人用的）沿着天窗爬上屋顶，再从屋顶跳下天井，天井是青石铺就，"啪"的一声摔下来，既能让全校师生大惊失色，又能死得很干脆。想象这壮烈的行动就让我兴奋。

死了以后，大家肯定能比我活着时更加关注我，这一点让我感到温暖。

唯一可留恋的，应该是班主任苏老师。因为苏老师摸过我的头。记得有一次数学测试，是对前一天布置的背诵公式的测验，没有通过的同学被老师留课，我是少数通过者之一，苏老师摸了一下我的头，示意我走出教室的门。我的头皮上留下久久散不去的温存。

这点温存是进入暗室中的一缕光，但不足以点亮世界。

当然，在临死之前，我还有一点点的担忧。安凑想了一个很可怕的办法对付苏老师，不知道苏老师能否应付得了。对于死后能不能变成一个鬼，我心里也不能完全笃定，如果可以的话，希望能够帮到苏老师。不管怎样，总比当一个无能的人要强。我这么想着，也就能很愉快地去死了。

二

天空蓝得瘆人，像个通透的洞穴直通宇宙深处。我沿着扶梯战战兢兢地上来，推开倒盖的天窗木门，第一次站在瓦片屋顶上，第一次和天如此接近。我感觉天空要把我吸进去，变成宇宙中神秘事物的一部分。

学校的后山是一片树林，那里住了野兽、鬼和不知名的妖怪，也有一些山庙里的神仙，我从来不敢接近它们。此时树林与我处在同样的高度，那些神灵妖怪应该在注视我的行动。学校的前面是浩荡江水，直通大海，是我向往但从未去过的地方，变成鬼后我就可以自由飞往那边。俯视地上，下课的同学们像螃蟹在滩涂玩耍，只怕"啪"的一声后，他们就会蜂拥而来，最后惊诧于我的勇气。

我双眼一闭，一头跳了下去。

我并没有直线下落，像一块煎饼"啪"地摊在地上，而是像被某个人托住一样，缓慢地轻飘飘地往下坠落。在降落到一半的时候，我还看到了苏老师的房间，我在空中的时候刚好可以从窗户看进去，看到她和安民正在亲吻。天哪，那场面简直让我忘记了我正在寻死这件事。安民是村里的代课老师，平时老实巴交谦谦有礼，现在居然能干出这么羞死人的事。

我像一片纸片，又像有一双温暖的手托举着我，我轻飘飘地掉在地上，毫发无损。

那一瞬间我确定了一个事实：有个神一直在保护我。

去年我就感知到此事，只是不确定。冬天时节，我在打谷场上找到一些瘪谷子，撒在鱼塘上。鱼群开始浮上水面，多是颜色鲜艳的红鲤鱼，近在咫尺而又无法抓住。我用一根木棍使劲儿敲打水面，希望能打中一条傻乎乎的鱼。鱼群躲着我，越来越远，我向水面探出自己的身子和手臂，扑通一声，我掉进了鱼塘。我十分平静，毫不挣扎，只有一个念头：要死了。我一动不动，任由无边的平静和温暖包围着我，随之处置。我感觉一股力量缓缓地推着我，把我推向棉花做成的天堂。不一会儿，我的手就碰到了岸边的石头，我迷迷糊糊地爬了上来，在冷风中不知所措。我一直隐约觉得，有个守护之神在我身边。

现在，这个神再次来到我身边，阻止一桩本来能够闹得沸沸扬扬的自杀。也许这个神一直在我身边。

村里的神很多，我确信神无处不在。村中的灵萃宫里有临水夫人，是负责送子的；有林公，他的原身是一个打虎英雄，死后为神，可以向他问卜一切问题；村中议事厅里有个洞主神，大抵是保护整个村子的。其他小庙，神仙更是数不胜数，对村民提出的各种问题有求必应。而我相信，主宰之神会给每个孩子都分配一个守护神，而其他的孩子因粗心不知道这个神，现在只有我知道。这个神一定很慈祥，有着佛祖一样的笑容，无边的法力，在最关键的时候伸出援手，保证孩子的安全。

在我发现这个守护神的那一瞬间，我觉得活下去应该不是问题了。我站起身来，好像什么事也没发生过。

在我走路的时候，我觉得神就在我的头顶，也许是飘浮在我头顶，对发生在我身上的一切，它了如指掌。在我睡觉的时候，神就飘浮在天花板上，有时候我能看见它的影子，是迷离的，一闪即逝。我暗暗祈祷：管住我的小弟弟，别让我再尿床。在我快要尿床的时候，请叫醒我。

凌晨的时候，我被一泡尿憋醒。惺忪中我无比喜悦，迎着满天朝霞把尿的彩虹从窗户抛出去，尿落在泥地上发出悦耳的嗞嗞声。

早起的奶奶在厅堂里嘀咕："下雨了？不能呀！"

每天上学，我或多或少地带着恐惧，与被羞辱的担忧。但是今天的感觉有点不同，我能感觉到神在我头顶飞翔，偶尔还拂着我的头发。我感受到它的存在，这一点它肯定也感觉到了。

"为什么你会保护我呢？"我在心底问神。

神不会回答，但我的脑子下意识地在寻找神的答案，终于，我听见神说："天见可怜。"

那一瞬间我的心融化了，眼泪溢满眼眶。

但一切并没有变化，同学们感受不到我的神奇。下课后他们又围着我，一场好戏又要开始了。

"瞧，那嘴巴昨晚肯定吃过奶。"长乐叫道。

一般来说，长乐来第一句，后面他们就接茬上，一面嘲讽，一面试图激怒我。

"这么无耻的人呢，还敢来上学。"安凑笑道。

我一改往日的一声不吭，冲着安凑叫道："叛徒。"

这一声很解气，这是我从未有过的反抗。叛徒，也是个很有杀伤力的词，跟问候祖宗也差不离了。

安凑和我扭打在一起。在他的概念中，我应该像蜗牛蜷起身来挨他的拳头，以前都是如此。现在我用反抗来克服恐惧，我想神也不允许我一味软弱。其他的学生在旁边喝彩，像看一对角斗士。见我们纠缠在一起，他们不耐烦了，出友情拳帮助安凑，很快，我被安凑骑在身下，鼻子流血。铃声响了，我们闪电般地结束。

苏老师在课堂上紧盯着我，问："怎么回事？"

估计我当时脸上够可怕的。鼻血被我用手一抹，脸都花了，我像一只刚吃完猎物的豹子。

我感觉到自己可怕的样子。我觉得神就希望我变成现在这个样子：像个斗士。

我看着安凑,估计他被我的样子镇住了,我冷静地说:"摔倒了。"

苏老师让我用纸把鼻孔堵住,带我去井边把脸上的血迹洗干净。教师食堂旁边有口老井,立在学校的后厅天井。井边有薄薄的青苔,让人印象深刻。井的后墙刷了白色宋体标语:世上无难事,只要肯攀登。

"以后别打架了,哦,想不到你也会变成这样。"苏老师明显识破了我的谎言,但并不想揭破真相。

苏老师麻利地把我的脸洗干净,还蘸了冷水轻轻拍我脑门。

我想哭,但泪水在涌向眼眶的时候被我止住。

忘了介绍,苏老师是从城里刚下来的,应该不到二十岁,个子高挑,长辫子,眼睛大而有神,皮肤白,身上有香气。她不会讲本地话,操着一口流利的普通话。对我而言,她是神秘的、高级的人,更像从另一个世界上来的。

回到课堂上的时候,我相当引人注目。我默默祈祷:感谢你,神,让我有勇气用战斗代替恐惧。

我感觉自己头皮一动,那是神对我的呼应。

下课的时候,他们还对我冷言嘲讽,似乎在探听我的变化,我对着安凑说:"要再来的话,就一对一。"这句话让他们愣住了,这句话根本不像我说的。

只有我知道,这句话是神教我说的。

三

从这一天起,我决定自己睡觉,离妈妈远远的。我相信,我睡着之后，我的神定然在周围巡逻。

独睡使我更有力量。那是一种神奇的感觉，感觉我可以独立地存在于这个世界。

次日下课后，他们一伙人凑在一块儿商量什么，不时看着我。而后安凑走了过来。

我攥紧拳头。神呀，此刻你一定要在我身边。我感觉神在我脑门的头发上拂了一下。

安凑见我一副迎战的样子，很老练地按了按双手，叫道："今天不打架，我是来问你，你仗了谁？"

原来他们嘀咕了一阵，派安凑来当使者。他们惊诧于我的变化，认定我必定有后台仰仗，这是他们最高的智慧。

"我有神。"我说。

安凑眼珠子滴溜溜一转，立马回去汇报。不一会儿，长乐、安凑一伙人凑过来，这回他们不像是看一只马猴，俨然是面对一个深不可测的敌人。他们重视的表情令我莫名感动。

"怎么证明你有神？"长乐虽然一脸挑衅的不屑，但已经相当重视了。

我指了指天井上空，道："我从上面跳了下来，神把我托住，身上一滴血也没有。"

"谁看见了？"

我摇了摇头。

长乐半信半疑，眨着眼睛问道："你的神叫什么名字？"

他们理解的神与我的神有所不同。他们认为的神是能上身的神，比如学校里一个高年级的学生安丰，前些日子下课的时候突然有神上身，把衣服脱了，跳上课桌，换了一种大人的口气，右手食指与中指并拢，遥指前方，说是学校里来了妖孽，将有灾难降临。

后来得知那神是"马施罗"。"马施罗"的小庙就建在后山山顶上，有三个神像，它们分别是马致远、施耐庵和罗贯中化身的神，得知学校有难，"马施罗"就降临在安丰身上。村中的神都是有名字的，但我的神，是属于我自己的保护神，不属于村中的任何一个庙宇。

"这是我自己的神，我还没有取名。"我回答，"但是，谁如果再敢欺负我的话，它会给他好看的。"

这话把一群人都镇住了。在农村，所有的孩子都是有神论者，他们虽然顽劣，但信服于神的惩罚。

长乐撇着嘴，鼻子哼哼，半信半疑却不服气，道："没有证人，那不行，谁知道你跳过？"

"我跳下来的时候，看见苏老师和安民在亲嘴。"我脱口而出。

人群中发出一阵大笑。"亲嘴，哈哈，太流氓了。""真有这么恶心的事呀。"

他们似乎被我说服，并且把注意力转移到亲嘴上去了。但是长乐却没有调转话题，冲着我命令道："除非你再跳一次，否则你就是撒谎。"

他是刺头，身上有不服输的精神。有一次他跟高年级同学打架，被对手摁倒在地，骑在身上了，依然不认输，直到他把对手掀翻在地。由此他确立了在班上的威信。

能让长乐信服，无异于开启新的人生。

我走上教师宿舍的走廊，前额的头发在微微颤抖，那是神在暗示它的存在，这给我增加了勇气。木质的楼梯和走廊在我的脚下微微颤抖，榫卯之间摩擦发出咯吱咯吱的声音，无疑证明了我的力量的存在。走廊呈几字形，绕到走廊尽头，一把梯子靠在墙上，我把它搭在天窗沿上。我力量虽小，但搬动扶梯之类的毫不费劲儿，我相信是神的帮助。

长乐、安凑等人在一楼张望。他们仰着头，并不作声，像一群停止了进食的鸭子。

我从未受到过如此的关注，手心居然出汗了。爬上楼梯的时候，我的脚微微颤抖，但并不影响我从容地爬到顶部，掀开天窗盖子，最后登上屋顶。

站在楼顶的感觉非同凡响，与天齐高，风如天籁，凌驾在众人之顶，可以藐视一切了。当时村中还没有楼房，建筑大多是平房，有两层的只有宫庙与祠堂之类的建筑，现在我站在两层的屋顶上，村中景物尽在脚下，这里是跳楼的不二选择。我也能觉察到神像一件披风笼罩在我身上，我有将军一般的气概。

"跳下来，跳下来。"长乐他们急于看到惊人一幕，在楼下叫嚣，像一群侏儒。我在屋顶上踱了几步，站定在屋檐上，瓦片咯吱咯吱响。宁静的夜晚，我曾经细细听过猫在瓦片上踩过的声音，也是如此。那一瞬间，我有一种冲动：我很想变成一只猫，在屋顶上生活，不需要朋友，也不恐惧，一个人在屋顶上看月亮，看比别处更圆更白的月亮。

"啊——哎——你在那里干什么？快下来。"苏老师从对面房间冲了出来。她大概从窗户里看到我了，跑出来的时候鞋子都没有穿，她的鞋子是放在门槛外的，光脚的老师太可爱了。她俯靠在走廊上，把身子尽可能倾向我，而我们之间隔着一个天井的空间。

我微笑着，因她为我如此着急而激动。

"宝贝儿，下来，从梯子上下来，有什么事跟我说，来，慢慢下来，告诉我。"她这时候镇定下来，温柔地说着每一个字，沿着走廊慢慢绕到我这一头，眼睛盯着我。

我的心几乎融化。我从天窗钻了下去，一步步走下梯子，还没下到底端，赶来的苏老师几乎是扑了过来，一把抱住我，那样子，好像我是她心爱的礼物。由于急速跑动，她呼吸急促，似乎怕我挣脱她的怀抱，把我的头紧紧摁在她的胸前，我能听见她身体内部滚雷般的心跳，扑咚，扑咚，扑咚。

"为什么跳楼？"她在我耳边轻轻问，热气喷到我的脸颊。

"我……想让你抱我。"我百感交集，声音哽咽，第一次撒谎道。

那一瞬间，我有一种愧疚：我背叛了我的神。

四

我把我的神取名为"彪"。这是一个强悍有力的名字。我想象我睡着的时候，神坐在屋顶上抽烟，一尊雄狮的样子。

神改变了一切。在神出现之前，我不敢奢望有这样的情景出现：我被苏老师带到她的房间里，我把所有的委屈缘由都说出来。由于结巴，我说得断断续续，苏老师轻抚我的后背，给我水喝；由于激动，我鼻涕眼泪横流，对了，苏老师胸前衣服上留着我鼻涕的水痕，是一匹马的形状，印在她带着花纹的衬衫上——一匹马在花丛中奔跑。

我家有一只狗，与我同龄，春天里和我一起上山，一会儿追蝴蝶，一会儿扑到草丛里抓蜥蜴，我总是想，那狗长大了会变成一匹马。

在面对苏老师的时候，我竟然神思恍惚，想起了这些。

"要是因为孤独就跳楼，那我已经跳很多次了。"苏老师虽然带着笑意，但语气中却有一种忧伤，被我敏感地捕捉到了。她的睫毛很长，扑闪着的时候有一种少女的稚气。在我眼里，虽然她足以算是成人,但实际上她不过是个不到二十岁的女孩而已。

"你是想妈妈吗?"我问。

她怔了一下,似乎自言自语道:"在城里呢,妈妈给我做饭,叠被子,甚至还帮我梳头发,当然还爱唠唠叨叨说各种道理,到了学校,没有一个人跟我说话。你说得似乎也有道理,我是在想妈妈,但也不对,我这么大了怎么还能想妈妈呢。"

那一瞬间我突然感动了。苏老师跟我这样谈心,显然,把我当成一个成人了,我们平等对谈,这是我渴望已久的。

"我有一个办法,让我们两个人都不孤单。"我的灵感伴随着激情而来。

"说来听听。"

"我们可以结婚,每天都可以这样说话,好不?"我觉得这个办法让我俩都受益无穷,应该是神赐的构思。如果按照现在的表达方法,应该是想让老师当我的女朋友,可那个时候没这个词。

苏老师睁大眼睛看着我,像看一个怪物,胸口起伏。片刻,她冷静下来,道:"你是不是鬼上身了,说的都是胡话。"

"不,是神。"我说,"你不答应吗?"

"你那么小,我这么大,你真是异想天开。"她不屑地回答。

"我去年到镇上看的电影《自古英雄出少年》,里面的孩子也是跟我一样大,他的老婆却跟你一样大。"

"那是电影,总之,你不能再说这个事了,再说我就生气了。"她严肃道。

"要不,你当我妈妈?"我退而求其次。

"你自己有妈妈呀。"

"我妈妈很忙,没有时间当妈妈——求求你啦。"

"我才不呢,我有那么老吗?"

"那你随便当我什么吧,好吗?总之可以跟你亲昵一点儿。"

"我当你老师呢?"

"那不够呀,你也是长乐、安凑他们的老师呀,太平常了。"

"你是不是看我长得漂亮,就想亲近我呀,看来你真不是好东西。"苏老师笑得露出小酒窝。

"总而言之,如果能和你经常这样说说话,什么都不当也是可以的。"我说。

"等你长大再说吧。"苏老师抬起她的胳膊,刮了下我的鼻子,"你这么小,我的心事你懂不了。"

"我知道,你喜欢跟安民老师勾勾搭搭。"我说出了压抑在心中的事。

苏老师的脸红了,而且十分愤怒:"胡说八道!"

我急了,说:"我看见的,你别不承认,安民是个坏人。"

苏老师摁住我的嘴,说:"你要是再说,我真的不理你了。"

她羞红的脸蛋和惊慌的眼神,让我看到她的恐惧。当你知道了一个人的恐惧,也就进入了她的内心世界,那一瞬间,我真觉得美好极了。

我觉得她摁在我嘴上的手好香。我把手摁在她的手上。

安凑家里的柴草房,是老鼠的天堂。老鼠在夜里深入各个角落磨牙、觅食,白天在柴草深处的窝里休息、繁殖,舒适得很。安凑找到了一窝红通通的老鼠,眼睛还没睁开,对世界懵懵懂懂。安凑非常高兴,他并非宠爱这群丑陋的玩意儿,而是在玩具匮乏的年代,这是不可多得的稀罕物。他用烟壳装了两只小老鼠,带到学校,班上的男生簇拥着他,争相观看,最后长乐站在桌子上,提着两只小老鼠的尾巴,宣布道:"好戏就要开始了。"

长乐和安凑,蹑手蹑脚地上楼,到了苏老师的门口,把两只老鼠放在苏老师的黑色皮鞋里。其他同学探头探脑地要上楼看个究竟,被长乐的嘘声斥责下来。小家伙们一个个躲在能看得清门口的位置,静静地等待大戏的上演。

我也身处楼梯中间,透过木栅栏静观这一幕,心中焦躁而为难。将心比心,当我出门穿鞋时,脚突然踩着两只软软的小老鼠,伴随着两声尖叫,应该是世上最恐怖的体验之一吧。神呀,我该怎么办?

木栅栏上有个木头的疙瘩,像个眼睛,突然我就看见眼睛动了,那是神的眼睛。它瞪着我,似乎很愤怒,我内心能听见它的叫喊:"你这个懦弱的臭小子,考验你的时刻到了。"

苏老师的门吱嘎一声开了,那个老旧的木门老是发出如此亲切的声音,苏老师午睡后出来了。顷刻之间,我觉得自己成了一匹马,屁股被人一拍,脑门一热,就蹿了出去。而神是马背上长出的翅膀。我几步跨到门口,在苏老师脚悬在半空的时候,把鞋子一扫,小老鼠滚了出来,在楼板上莽撞爬行。

尽管如此,苏老师还是尖声叫了起来。那种红通通的蠕动的老鼠,比什么都可怕。

长乐和安凑见我坏了他们的主意,惊愕且愤怒地臭骂,但是他们的脑子比谁转得都快,两人对视一下,不约而同地大喊起来:"船仔用鼠仔吓唬苏老师哟,船仔是个坏蛋哟!"其他人跟着叫了起来。

与此同时,苏老师跳着脚丫,把可怕的一幕归罪于我,叫道:"你想干吗?拿走,拿走!"她哭了起来。

我不知所措,不知道该把两只老鼠怎么办。说实在的,之前我遇到最棘手的问题,也就是生死问题,虽残酷但简单。现在是更棘手的两难境地：如果我把鼠仔拿开，则证明是我干的；如果我不理会，也证明不了我的清白。苏老师对我怨恨的眼神，像一把锥子在扎我的心尖。

安民老师听到叫声，快步跑了上来，一眼就明白了究竟，甩了我两巴掌，抱住光着脚瑟瑟发抖的苏老师。天哪，苏老师像碰到救星一样缩在他的怀里，那种依赖感让我难受极了，我懒得解释，也不理会其他老师的怒骂，沉浸在抑郁之中。

长乐和安凑制造舆论的本领高明得很，他们毫不脸红地到处传播是我把鼠仔放在苏老师鞋子里的，不一会儿，这种说法就变成了铁的事实。以我个人的力量，真的是无法翻案。

安民老师在上课的时候，要挟说要把这件事告诉我爸爸妈妈，让他们狠狠地收拾我一顿。安凑和长乐露出骄傲的、无比开心的笑容。我没有能力反驳，只是默默地想：这样也行？

放学后我没有回家，倒不是说怕安民告密，爸爸妈妈会打我。他们基本不打我，懒得打，我仅有的两三次挨打是因为去游泳，或不小心闯了祸，我虽然害怕但也不至于不回家。我觉得心塞，所有的人都可以冤枉我，但不能让苏老师也这样认为。一想到苏老师认为我这样糟践她，我就隐隐心痛，神思恍惚。

校园里学生走干净了，只有安凑几个人还在玩铁片，校园出现少有的沉寂，我像被什么无形的东西牵引着，往楼上走。苏老师门口的木地板上，还有两滩淡淡的血迹，那是被安民踩死的小老鼠留下的。那是两只还没有开眼见过世界的小老鼠。

我敲了敲门，没人回答，又随手推开尺许，伸进头去。房间空荡荡，一种淡淡的清香扑鼻而来，苏老师身上也有这种香味。我忍不住走进房间，宛如置身一个封闭的小花园，被一种神秘、温暖和清香的气息包围着。宿舍里有一张床，床单有草绿色的花纹，垂下床沿，温馨极了；桌上放着教案，摆着一个玻璃酒瓶做成的花瓶，瓶子里插着百合花；就连窗帘间射进来的光柱，照见房间飞舞的灰尘，都让我心醉神迷。

楼板上传来脚步声，越来越清晰，可以确定那是苏老师从食堂回来了。我想逃出去，但是这氤氲的世界真让我难以舍弃。我感觉到神抚摸我的额头，给我异乎寻常的灵感。就在脚步到达门口的瞬间，我一头钻到床底下。门被推开，苏老师脚上穿着丝袜，她进来关门，楼板发出"咚"的低沉的声音，结结实实地敲在我心上。床单垂着，我能看见她的脚和影子。

苏老师把饭盘搁到柜子里，打开窗子，闻闻百合花的清香，唱起了歌：泉水叮咚泉水叮咚泉水叮咚响……这是一首耳熟能详的歌，不过她唱起来特别清晰悦耳。她似乎在把头探出窗户看什么，脚跟踮起来。外面是村子连接校门口的路，也许她在期待谁的到来。在一番细碎的动作后，她开始改作业。我能听见钢笔滑过纸面的声音，唰唰唰，像一个小小的人儿在跳舞。我在床底下安静地闭上眼睛。

记得很小的时候，多小我不记得了，应该还不会走路吧，我躺在暖烘烘的被窝，妈妈就在灯下缝衣服，外面下着雨，安宁而静谧。没有同学的打扰，不需要跟任何人打交道。为什么不能停留下来呢？为什么要长大呢？为什么要上学呢？

我在期待已久的一种宁静安详中，睡着了。

五

那晚家里闹翻了。在学校里寻找无踪后，妈妈等人先去村边的榕树下找我——村里被鬼缠身或者带走的孩子经常在榕树附近打转转；接着到各处水塘看看有没有我的蛛丝马迹。在物理寻找方法无效之后，他们便求助于神，先是去离家很近的赵公明元帅庙里，那是一个红脸怒目的神，上身在李木匠身上。他们请李木匠来庙里，点香烧纸，终于神灵附体，给他点上一根烟后，木匠口吐烟雾，如痴如醉，告知往西的方向寻找。再问具体细节，赵公明便不耐烦，寻人并非他的长项——他的长项是降妖伏魔。

而后妈妈等人又请了一伙人，到"马施罗"庙里"写乩"。"马施罗"是文人化身的神，对人间的事判断十分精准，以字写其意。"马施罗"上身，用乩笔在米沙上写了四字：静候佳音。

爸爸妈妈登时转忧为喜。

这些都是我事后听到的，不由得感到愕然：原来我在家里是如此重要，我却一点儿都没有觉察。天哪，为什么他们在我失踪后才会这么重视我！

半夜的时候，一阵响动把我惊醒，是有人强行推门，苏老师从床上惊醒，外面是一个含糊的声音："我，快开门。"我一听就知道是安民。苏老师惊慌失措，哀求道："别进来。"安民在外面蛮横地晃动着门，木门闩应声而落。安民推门而进，像一头熊重重地进来，压到床上，把苏老师压到身下，床板不能承受这样的沉重，发出嘎吱嘎吱声。我没有想到温文尔雅的安民在夜间变得这么野蛮。

苏老师一边反抗一边抽泣，我感觉床上翻滚着狮子与羚羊。安民似乎亮出了什么利器，狠狠地道："你再闹，我枪毙了你。"苏老师似乎被制服，像羚羊被咬破喉咙，失去了最重要的抵抗力量。她只剩下一点点的哭声，弱弱地叫："妈妈，妈妈……"

我的神，就在我头顶，就是那几块发出声响的床板，激烈地叫唤，也许是叫我出去阻止事件的发展。我看见神咬牙切齿的表情，如果神有一双看得见的手的话，恐怕一巴掌就掴在我脸上了。

我那已经治好的病居然又犯了——裤裆一阵温热，又尿床了。可以想象，一场恶狠狠的厮杀就在头上，咫尺之遥，杀气笼罩着我，我的勇气消失殆尽。

事后我想，我为什么不奋勇出来，阻止这场悲剧呢？我怎么忍心苏老师受到这样的伤害呢？我想不通，也只能事后想想。当时我被恐惧笼罩，乃至我认为安民手里有一把刀或者枪的震慑，足以决定了事实的走向。

折腾了不知多久后安民就出去了。苏老师在床上继续哭着，哭得很小声，但是悲伤极了。我不明所以，在恐惧、饥饿中又睡着了。

安凑早早来到学校，学校还没开门，他爬墙进来。他早到的理由是昨天玩铁片玩到天黑，回去数了数，丢了两片。他可不想让别的孩子捡到。他正在石板地上寻找的时候，"啪"的一声，苏老师从天而降，重重地摔在天井上，一动不动。血从头上渗出来。

安凑尖叫起来。

我在吵闹声中醒来，悄无声息地出来，目睹此景：苏老师躺在石板上，头发遮住了她的面部，只有血渗透出来。她身上穿着粉色的睡衣睡裤，像一个女孩。

她一定从我的讲述中得到了灵感，沿着爬梯爬上屋顶，看到了蓝色的天空如通往宇宙的一个洞穴，然后一头扎下去。我告诉过她，这里是全村最高的地方，如果自杀的话，最妙不过。

就在几个小时前，我刚刚听着苏老师的抽泣声入睡，一觉醒来，她就死了——我不能接受。

为什么没有一个保护神护着她？虽然她长大成人，但她依然是渴望妈妈保护的女孩子，这一点我明白得很。为什么神这么不公平？我的心被各种情绪攻击、针刺，难受的感觉让我想吐，想一头晕倒。

尸体被有关人员搬走后，地上还留着血迹。接下来是一出大戏，安彪带着一个民兵，把安民五花大绑，跪在苏老师的血迹旁边。学校已经乱套了，课已经取消，村民和学生都围过来看热闹，很多人朝安民吐口水，责骂他。

他们不太知道苏老师自杀的具体原因，但唯一可以肯定的是，安民跟苏老师在谈恋爱，苏老师想不开，绝对是他导致的。

所有的细节，大概只有我一个人知道，我被挤在闹哄哄的人群中，我即便说什么也没人听见。我拼命挤上前去，想往安民身上吐口水。有可能的话，我必须踢他一脚——这个禽兽，死不足惜。

安彪穿着绿色的军装，威风凛凛，抽出宽大的皮带，边抽打边问："说，你对她干过什么？"

"没有，我真的没有。"

"亲过没有？"安彪问道。

安民无奈地点了点头。

安彪叫道："那还顶嘴！"周围的人都哄笑起来。

"睡过觉没？"安彪问道。

"没有。"

"你敢抵赖，我枪毙了你。"安彪吼道。

我挤到前头，在这一瞬间，安彪的话像一道闪电，在我脑海中炸开一个裂缝。

"你再闹，我枪毙了你！"昨夜在床上恐吓苏老师的，就是这口气——那分明是安彪，不是安民。我意识到自己想当然，把人物混淆了。安彪身材比安民大一圈，所以他进房间的时候，楼板都在往下坠，在床上像一头狮子，床板几乎散掉。如果是安民，绝对没有这个分量。对了，安民也没那么凶恶，他都是温柔地对待苏老师，保护着苏老师，绝对不会把苏老师弄哭。我从苏老师房间出来的时候，看了看床上，空空如也，但是床单上有鲜红的血迹。安民绝对不会把苏老师折腾出血的。

"是你害死苏老师的。"我冲着安彪大声喊道。

声音虽然小，但安彪听得很清楚。他停住抽打安民，盯着我，一字一句道："你敢胡说，我枪毙了你！"

我被他的口气吓住了，惊得说不出话来。

妈妈很快找到我，把我带回家。我在路上告诉妈妈，是安彪欺负苏老师，把她弄出血，苏老师才跳楼的。妈妈摁住我的嘴，告诉我别乱说话。我急得哭了起来，向妈妈发誓，我说的是真的。

"真的也不能说。"妈妈警告我道。

村里人认为苏老师之死，是预料中的事。"马施罗"早有预言，学校里有邪物作祟。他们决定选个好日子，在学校做一场驱邪法事。

下课后，我主动凑近安凑和长乐。我现在已经有勇气与他们平起平坐地对话。我说："苏老师是安彪害死的，我们一起去报仇好吗？"

苏老师跳楼的场面，也许仍在安凑眼前，他颇有兴趣："你确定吗？"

我把那天晚上发生的事说了一遍，特别说起安彪的特征，以佐证此人是他。他掌管学校的安全，可以自由出入；如果是安民的话，他住在自己家里，半夜不可能进来的。

长乐漫不经心地道:"安彪是有枪的人。"

安凑犹豫不决,问:"怎么个报仇法?"

"我们可以去找比安彪更厉害的人呀,比如说镇上的呀。"我说出最好的办法。

安彪是村里最厉害的,他想干什么没人可以约束,要制服他,只有找镇上的。学校曾组织去镇上看《自古英雄出少年》,那是我唯一一次到镇上,见识了繁华所在,我相信一定有比安彪更厉害的人。

"你觉得怎样?"安凑问长乐。

"我没空。"长乐说,"我们要去捡子弹壳的。"

安凑道:"我们要去捡子弹壳的,没空没空。"

我对他们笑了一笑,以后,我再也不怕他们了。

放学的时候,我在门口被安彪堵住,他温和地说:"你跟我走一趟。"

他粗壮的手拉住我的手,像提着一个风筝。我没有办法不跟他走,他像一块很大的磁铁,我只是一个小铁石,我被他威严的气场笼罩,唯唯诺诺,只得往后山上走。我脚步慢了或者故意拖延,就会被他拉起,轻而易举。有一阵子,我因恐惧而想讨好他,但还好始终没有张口。我们走到坑底上。所谓坑底,其实原来是一座水库,后来没用了,水库干了,形成一个大坑,会捉鸟的同学把长长的梯子架在岩壁上掏老鹰窝。现在,我们处于坑底最高的地方,他停下来,点了一根烟。

"你要去告发我?"他问道。

我真诚而惶恐地点了点头。

"你为什么要说谎?"他严肃而正义凛然道。

"我没有说谎，我看见你到苏老师的房间，把门闩都弄掉了，还把苏老师弄出血。"我一口气把重要的证据都说出来，试图让他哑口无言。

"嘿嘿，你能耐倒是不小。"他饶有兴致地拍拍我的脑袋，"你是怎么知道的？"

我不说话，我难以启齿。

"我不管你说什么，反正说我坏话的，都是谎话，跟我作对的人，都得死，听见了吗？"他咬牙切齿地叫道，"你现在告诉我，听不听我的？"

苏老师死了，但是真相不能死。这是我潜意识里的想法，虽然我表达不出来。

在恐惧稍稍从脑海中飘走之后，我终于想起了神。我不确定神现在还在不在我身上，但不管怎样，神一定是捍卫真相的。这一点我可以确定。

我噙着泪，对着安彪倔强地摇了摇头。他随后一推，我就顺着崖壁滚了下去，从崖顶掉进了坑底。他拍了拍手，把烟蒂扔下，走了。

神终于现身了。是在一片黑暗中，像死亡一样的黑暗，无边无际，无论你怎么动眼皮，那黑的浓度一点也不曾改变。这大概是所谓绝望的世界吧。

"这是我最后一次救你了。"我的神说。

我看不见它，但能感觉到它就在身边，像一只水母笼罩着我。

"你以后再也不管我了？"

"是的，我必须离开你了。"神冷峻道。

我流下眼泪，我想象不出，没有神庇护的日子，我会不会回到从前。

"我知道我做错了，我不够勇敢，求求你留下来。"我哀求道。

"你做的就是你自己，我不加评判。"神无动于衷。

我伸手想摸一下神，但摸到的是黑暗。

"你离开我是惩罚我的懦弱吗？"

"那倒不是，我要去守护另一个需要守护的孩子。你已经十岁了，该自己对自己的命运负责了。"

天哪，跟妈妈说的一样，长大之后，神就到另一个孩子身上去了。我知道这如宿命一般不可勉强。

"你长得什么样子，我能看一下你吗？"我问。

"不，我是神，你永远看不到。"

"我给你取了一个叫'彪'的名字，你知道吗？"

"当然知道，可是那名字太糟糕了，忘记它吧。"

我感觉神渐渐远离我，依依不舍的温暖渐渐抽离，而我眼前也渐渐有了光亮，终于恢复了正常。我躺在一片灌木丛中，树叶遮住了我。我爬了起来，浑身酸痛，但是不影响我站起身子，从坑底走出来，走向没有神的人生。村庄又浮现在眼前，村庄前面的那条白色的土路，一直通往镇上。

斜滩往事

　　天性呢,就是像你这样,好吃懒做,不去上学,哪里好玩往哪里凑。等你有一天,懂得营生了,天性就消失了。

一

春仔小时候生活的一座老宅,被称为"鬼宅"。

他的老家在斜滩。斜滩是寿宁重镇,群山万壑之间的一块平地,地势由西北往东南倾斜,故而称为斜滩。旧时处于水路要塞,上承车岭,下接赛江,为闽浙边界重要商旅隘口,码头客栈一应具有,客商云集。斜滩白天繁忙嘈杂,夜里灯红酒绿,为山区繁华之地,一度被称为"小上海"。镇上至今留有一百多栋砖木古宅,"进士第""大夫第""朝议第"等明清院落比比皆是,如此深宅大院,没有"闹鬼"就说不过去了。

春仔住的是郭家大宅,有近一百间房,主楼三层。自家宅院的故事,春仔自懂事起就耳熟能详。

民国十年,郭家大宅还是四世同堂,家眷仆妇,上上下下居住人员多且复杂。最早说是有鬼夜间出没,厅堂角落、厨房走廊时能发现披头散发之影,有耳闻目睹者,说得栩栩如生,又信誓旦旦。家人请了道士作法。道士说:"之前有女仆在家中暴冤而死,阴魂不散,怨气深重,不愿离去。又因生前多有饥饿,为饿死鬼,常在厨房出没觅食。"这话得到厨娘佐证,说夜里常常有食物不翼而飞。又有人说夜半出来解手,瞅见厨房有黑影出没,原先以为是哪个馋嘴的觅食，但是又想，家中老老少少，都不愁温饱，没有偷食的理由啊。道士作了法，家人稍安，但是闹鬼迹象还是不绝。道士道："这鬼赶不走，赶走了又来。但好在是家鬼，不凶，不伤人，若能在清明节、中元节，给它烧点钱，倒是能相安无事。"一百间房的院落，想找个人都难，想捉鬼就更难了。主人没有办法，只能用符镇着，将鬼当成家鬼，且相处着，或者等待另有法术的高人来日再驱劝。

这一日，家中祖母八十大寿，请了风行寿宁县城的北路戏，在自己的水榭戏台连唱五天。祖母点了《双合缘》《闹亲》《宝珠配》《甘露寺》《连中状元》等连台好戏。午后，后台"六条椅"启动，"硬介"将鼓板、大锣、大钹敲响，"软介"将横哨、唢呐、麻胡、月琴吹奏响，一时间院落笙歌缭绕，狂放处如黄河之水九天轰鸣，悠扬处如群鸟朝凤婉转缭绕，声音传出院落，整个镇都处于喜庆的气氛之中。那些个闲人过客、邻家孩儿，闻声而来，又受到主人欢迎，在天井或坐或立，只当来给祖母的寿辰贺喜。那正旦、花旦、贴旦出场，看客眼睛发直，三花、二花、大花、老生出场，又齐齐发笑喝彩。热闹之中，便是喜鹊也在枝头张望，灰尘也从木屋缝隙抖落，在光束中飞舞。

戏台对面的二楼，老太太居中而坐，在四代同堂、家族兴旺的喜庆之中，精神矍铄，看得入迷。一出完毕，起来解手，儿媳扶着起身，她蓦地脸色一变，突然大叫："鬼！"老太太人老，眼神倒是极好，就这一瞥之间，瞅见粮仓门前的阴暗处，伏着一个披头散发的黑影。一声叫喊之后，老太太脚就软了。那个黑影，也赶紧往暗处闪躲，它似乎对家院的躲藏之处了如指掌。女眷的尖叫声，引发众人注意，有人高喊"捉鬼呀！"二楼的男丁率先拥过来，一楼的看客听得二楼脚步凌乱，又有声音大作，便也纷纷往二楼赶，有的兴奋，有的惊奇，有的人被后面的人绊倒，发出叫声。戏台那厢，锣鼓大作，生旦净末丑一出好戏；看台这厢，一幕捉鬼的乱戏，比那出更是惊心热闹……

这一桩捉鬼的事，虽无史书记载，但是口口相传，早已成真。斜滩闹鬼的宅院，虽说不少，但是郭家老宅肯定是排在第一号的。

到了二十世纪八十年代，"鬼宅"之称还在。但是白云苍狗，世事沧桑，鬼宅已经不属于这郭家的人了，变成一个住户众多的大杂院，每户人家恨不得多出一两间来，虽然楼上还是黑乎乎的，但是因为人多，就算有鬼也是没地儿待。鬼气，自然就消散了。

在春仔开始懂事的时候，这种大厝还保留着古老的威严。坐东朝西，土木结构，三合院五榴厝。大门悬山顶，檐下泥塑匾"星云焕彩"四个字已经被白灰抹去。正厅七间房，穿斗式木结构，悬山顶，三层高。正厅太师壁两边各设一神龛，祀本厝先祖。两边廊柱置遮阳席间吊杠，三合土地面，四周筑土墙，南北两面山墙为拱背式，檐下悬鱼硕大。

这样的大宅，对于春仔这一群孩子来说，最是合适不过，使春仔们的整个童年沉浸在一片无边无际的幽暗之中。春仔们最喜欢的事，便是在宅院里捉迷藏，多的是地儿，特别是在二楼，每个拐角、廊道、梯下都是阴暗的，都是绝妙的藏身之所，给春仔们带来无穷乐趣。沉不住气的孩子，故意踩出脚步声；有的孩子躲着，累了，直接被家长拎到屋里睡觉。这样的游戏玩多了，春仔们对黑暗倒是有了情感，只觉得黑暗中有无尽的希望，必定要去探寻一番。

唯一让春仔们失望的，是这座著名的"鬼宅"一直没有鬼出现。如果有鬼出现的话，春仔们的乐趣将会更多。虽然有的孩子因为这种遗憾，躲在暗处，装神弄鬼，但很快就会被识破。直到一九八二年，春仔八岁，这座鬼宅才又一次闹鬼。

年少的时候，一般来说，大宅里边就够春仔们玩了。除非外面有更大的热闹，才会引发春仔们跑出去。那天春仔被锣声惊动，冲到院外去看猴戏。斜滩虽然在五十年代中期，公路取代了水路，旧有的集运中心繁华不在，但瘦死的骆驼比马大，这里依然是一个热闹的村镇，南来北往的货郎、卖艺人不少，这也是春仔们的乐趣所在。

春仔先是被那只猴子吸引住，猩红的鼻子，好像常年在流鼻涕，屁股后面更红，好像挂了一颗荔枝。如果它也是一个小孩的话，可能没有比这更滑稽的小孩。但是最滑稽的孩子也没有它那么灵活，你眼睛一眨，它就蹿上十几米高的榕树上，真是蹿天猴呀。春仔在心底不承认它是一只猴子，它善解人意，比学校里那群熊孩子更有教养。如果自己是那只猴子，那就妙了。

猴戏在院子旁边的榕树下开演，在耍猴人的指挥下，猴子上树爬墙，翻箱倒柜，拿起帽子戏服自己穿上，扮成戏子、官员，滑稽无比。俄而自己脱帽收钱，无所不能。春仔眼睛一眨不眨，整整看了一个下午，眼里心里，全是猴子活灵活现的模样。猴戏结束后，猴子拿着帽子收钱，春仔没有钱，朝猴子伸出手，猴子明白其意，居然跟他握了一下手。回来后，他兴奋不已，对每个人说："猴子跟我握手了。"但是没有人把这当回事，也没有人理解他的雀跃。春仔觉得人真是不可理喻的动物。晚上入睡时，他的梦里还是猴子，或者说，入梦太深，就连老宅闹鬼时他也没有醒来。这是春仔当时最遗憾的一件事。

春仔跟春仔妈，睡在二楼一间北厢房。夜里，春仔被妈妈的惊叫声惊醒，那时候鬼已经逃遁了。春仔妈叫的声音撕心裂肺，人被吓得屁滚尿流，她紧紧抱着春仔，春仔都要被抱得喘不上气了。妈妈发誓，自己真的见到鬼了。她是个胆大的人，如果不是活生生的鬼，是不会把她吓成那样的。那正是茶叶生产的旺季，爸爸成天都在茶厂里忙，家里大事小事，从吃喝拉撒到邻里纠纷，全都是妈妈一人包办。爸爸第二天赶回来，妈妈已经病了，吓得不轻。

好多人来参观鬼宅，查看鬼屋，又有人给爸爸出这样那样的主意，叫这人画符叫那人驱鬼。这东西叫有的说没得会，到底能不能解决，谁也不知道。爸爸在茶厂做销售，是生意人的头脑，他的标准只有一个，谁找出银手镯的下落，谁就是真神。

根据妈妈回忆，那鬼肯定是存在的，白面长发，长衫飘飘，十分可怕。要不是看得真切，她不会被吓成那样。鬼消失的时候，桌上一个银手镯也不见了。

这银手镯，也有来头，是从奶奶手上传下来的。因此，也有的人说，是奶奶对妈妈这个儿媳妇不满意，来吓唬她的。这个说法漏洞百出，虽然爸爸和妈妈关系不是那么融洽，吵吵闹闹肯定是有的，但是也轮不到奶奶来管。特别是奶奶还到了九泉之下。

到底是因为什么要摄走银镯子呢？这成为闹鬼的核心问题。

斜滩是个不寻常的小镇，昔日的繁华并未完全褪去。因为人多，猴戏还在连天上演。因为闹鬼事件，春仔才注意到耍猴人。

一般的耍猴人，耍猴以后，是卖药，但这个耍猴子的不一样，猴戏结束后，他摆出一面旗子，上面写着"看相算卦寻龙驱邪"，一副无所不能的样子。

春仔盯了许久，怯生生问道："我们家闹鬼，你能捉鬼吗？"

耍猴人眼睛一眯缝，道："真的有鬼？"

春仔拍胸脯，信誓旦旦："真的有鬼，会偷东西的鬼。"

耍猴人淡淡道："捉鬼是我的绝活。不过你小孩说了不算，得请大人来的。"

春仔一溜烟跑回家。这个消息比跟猴子握手更令他兴奋。

耍猴人姓游，爸爸叫他游师傅，那时候手艺人都叫师傅。游师傅精瘦，两边颧骨微微凸起，显得两眼深邃有光，一看就晓得不是普通人。春仔引以为傲的是，自己居然说服爸爸请教耍猴人。放在以前，爸爸把他的话都当成小孩子的话，听听可以，敷衍一下就是，当真可是未曾有的。这次爸爸眼睛一亮："快请，快请。"也许他太想解开闹鬼之谜，毕竟整日在家处理这种事，不能去茶厂，心里着急。

游师傅到家，把古宅上下查巡一遍，眼中流露深不可测的光。先是问了爸爸家族事宜，祖上有没有没处理好的纠葛等。爸爸如实回答，爷爷和奶奶同一年去世，爷爷奶奶走的时候，他在外面催债，没来得及见最后一面，实在遗憾。爷爷奶奶合葬的墓地，是爷爷生前自己找的，甚是满意。诸如此类，唠唠叨叨，也不晓得对游师傅有没有帮助。爸爸又带游师傅查看闹鬼的屋子，从木梯上了二楼，游师傅拿着罗盘，随着罗盘针的移动，左瞧瞧右探探，在春仔看不见的黑暗角落，他好像总是能瞧出点东西。游师傅说："你这个宅子，阴气很重呀！"爸爸苦笑道："实不相瞒，几十年来，外人都叫它鬼宅，可谁也没瞅见真正的鬼。这次孩子他妈，算是头一回开眼了。"游师傅念叨道："真正的鬼，是让你看不见的，人眼能看见的鬼，并非最厉害的。"爸爸对鬼这一行当不太了解，道："那就全靠你啦。"游师傅道："这次刚好碰着你这事，我就尽力而为吧，也试试出师后的法术。"爸爸又恢复了生意人的嘴脸，道："游师傅，可跟你明说了，神神道道叽叽歪歪的师傅我也见识过，着实看不出两下子，你要是拿不出实证，我可是连一个子儿都不会给你的。"游师傅淡淡道："那是自然。"

次日，申时，游师傅的罗盘抖动，叫道："阳气已去，阴气已出，鬼魂带路，且走且走。"爸爸妈妈便跟在后面。刚受惊吓的那一天，妈妈瘫在床上不能动，房间里不能没有灯，眼睛一闭上又害怕，睁开又困，一天之内脸就瘦了一圈。游师傅过来问了情况之后，安抚道："你且宽心，能看见的鬼，都不是来害你的，是来传递消息的。"当下画了"惊符"，从头到脚烧了，温暖的火光照着妈妈苍白的脸。说也奇怪，到第二天，妈妈就转好了。虽然不如之前的健康皮实，但已经没有不敢看暗处的恐惧。游师傅说，手镯是妈妈手上丢的，解铃还须系铃人。

捉鬼焉能不去？春仔早就留心这件事，也悄悄跟在爸爸妈妈的屁股后面。妈妈道："春仔回家去，这事小孩子不能看。"妈妈不想把恐怖留给春仔。但是春仔哪肯罢休，这一定比猴戏更好看的。

那罗盘指引方向，竟然走到了爷爷的墓地。到了爷爷的墓地，罗盘不动了。游师傅道："这是你们家的地盘，找镯子是你们的家事，我不能去掺和，否则鬼会找我算账。"爸爸道："那荒郊野地的，没有个一二指点，怎么找？"游师傅道："你的父母如果在家藏了东西，你该能找得到吧，老人家总有老人家的习惯！"爸爸环顾四周，半信半疑，心想，家和坟墓怎么会一样呢？

春仔一心想在此事上建功立业。他听了游师傅的话，陷入沉思，小眼睛一眨一眨的。突然他往墓头上爬。墓依坡而建，是斜面的，他第一次爬到一半，退了回来。妈妈怕他摔下来，道："春仔别捣乱。"春仔没听，这次加了助跑，一口气跑到墓头。在墓头正中的草丛里扒拉一会儿，惊喜叫道："妈妈，在这儿！"

春仔回忆起来，爷爷在世的时候，最喜欢把珍贵的东西藏在枕头垫下。他常去爷爷枕头下摸一摸。春仔的逻辑是，既然他生前喜欢放在枕头底下，那么死后便喜欢放在墓头下面。游师傅听了春仔的想法，说，这孩子，比猴子聪明！

根据游先生的看法，爷爷这块墓地，并非没有风水，不但有，而且风水好得很。但还有一个遗憾。远处的水路拐了一个弯，直奔下游，墓地的风水只管三年。爷爷奶奶是来提醒，今后风水不管用了。

爸爸惊了一身冷汗。一九八〇年开始，爸爸和村里的几个能人，把斜滩村里的茶厂承包下来，大队占百分之五十股份，其他的股份在几个人手里。这样极大地调动了大家的积极性。爸爸负责销售。斜滩自古贩运盐和茶叶，茶叶的生产制作底子好。过去三四年，做得风生水起。今年却有点麻烦，销售到浙江的茶叶，钱收不回来，爸爸去那儿也磨蹭了好久，没有结果，现在正托人打官司。

爸爸和游师傅达成协议，爸爸把厨房旁边的储物厢房腾给游师傅做风水馆门面，游师傅帮春仔家寻龙。游师傅的进驻，对春仔来说是一件天大的事。春仔兴奋得一个晚上没睡着。

二

春仔对游师傅很好奇，每天过来问七问八。游师傅的脑子里，有一个大大的世界。那是斜滩之外的世界。

游师傅的经历，很传奇。他出生在福安与寿宁交界的晓阳镇，祖上是地主的家境，父母在大饥荒的时候饿死了，他被一个白云山的高人带走。他在山间道观渐至长大，与猿猴为友，与花鸟为伴，得了师父五行风水的真传，觉得自己学有所成，要下山行走江湖。师父说，你这下山，没人晓得你的道术，还是混不了一口饭吃。你且把猴子带去，耍猴招来人气，时机一到，便能落地生根。

游师傅走到斜滩，看城镇古朴，人口众多，静中有动，动中有静，觉得跟自己有缘，便不免多耍了几日猴戏。与父亲这一遭相逢，又多了一层缘分，决心再次施展五行方术。

爸爸给游师傅的门面，在大街拐角的巷子里，动静相宜。一片五行旗子飘在门楣，便有人慕名而来。春仔家的这一出风水事，使得游师傅名声在外了。

游师傅还有一个任务，要替春仔家寻龙，找个风水宝地，给爷爷奶奶迁坟。游师傅说不要急，宝地是等来的，不是急急忙忙找来的。爸爸同意这个观点。游师傅在好天气出去转山，便把斜滩的脉象给抓住了。他对爸爸说，斜滩发祖于洞宫山，逶迤东南，分为两支，一支从县境西北卜蛇林向南，直奔少祖山，蜿蜒至车岭，直下斜滩，再由斜滩东侧转到马鞍山，直至福安境内。山脉在斜滩境内的，为郭家龙岗和张家龙岗，为斜滩镇域的父母山。斜滩的水域乃是长溪，源于浙江庆元县苏湖乡之双溪东麓，到了斜滩水面开阔少石，形成江心岛，两侧均成深潭，呈"双龙抢珠"之势。俗话说，千里来龙千里结，百里来龙百里结。意思是风水有长短厚薄。斜滩来龙与溪水均源远流长，好地不少，之前诸多达官富豪，便是明证。游师傅这一番概论，爸爸点头称是。

不过呢，想找一方好穴，一要来龙绵远起伏，生动活泼，二要藏风聚气，左右龙虎砂包裹有情，三要名堂宽阔平坦，四要左右来水，湾环拱抱，五要向山秀丽，重叠环抱，六要穴心突起，凹凸分明。寻龙识穴，海底摸珠，要六样具备，再加上仙命生年与山头朝向五行配合，以及龙运旺衰之说，山向流年利害，想找到合适的，譬如海底捞针了。寿宁知县冯梦龙曾记载，由于好地难寻，有的人停棺百余年不葬，乃至后世子孙没落，付之一炬。可见寻龙风气之盛。

爸爸对游师傅说，找个一两年，没问题，磨刀不误砍柴工。

游师傅便安心驻扎下来。

春仔四处向小伙伴强调：游师傅是住在自己家里的。这么一个奇人住在自己家，当然是无比骄傲。何况还有只猴子。不要猴了，猴子被系在屋里，每天还是上蹿下跳，抓耳挠腮，春仔对游师傅说："我带它出去玩会儿。"游师傅说："不拴住，它会飞上天。"他还说对了。春仔正在吃一个光饼，冷不丁猴子就把春仔抢了。春仔号啕大哭。游师傅摸着春仔的头说："你在猴子面前吃东西，就是惹它，懂吗？"他的手伸出，握住一把空气，张开手掌，像变戏法一样拿出三颗灶神糖给春仔。这可把春仔惊呆了。

春仔有个毛病，饭一吃完，肚子就饿，就想吃零食。游师傅好像是个宝藏，他的奇思妙想让春仔觉得神奇。比如说吃零食，妈妈说，零食不能吃，吃多了肚子长虫。游师傅却说，有零食吃的孩子才聪明。游师傅给春仔吃零食，都不是从哪里取出来，而是在逗笑中从手里变出来。有时候他犯了调皮，手在屁股上一摸，变出话梅糖来，问春仔吃不吃。春仔咬了咬牙，道："吃！"

春仔希望游师傅能重操旧业，去耍猴，让春仔当个小帮手，而不是坐在这里看相算命。

"猴子都憋得慌，想出去耍呢。"春仔拿出猴子来说事。

游师傅笑道："小孩子，不晓得奔波的苦。这里有茶，有酒，有床睡，过得不香吗？"

他对春仔说过，耍猴的时候，一般都住在小庙里。

"鬼宅里有没有鬼呢？"春仔耿耿于怀，问道。

"你说呢？"游师傅反问道。

"有时候觉得有，可又看不见。"

"当宅子里有鬼的时候，就不安宁了。"

游师傅解释，不安宁，就是有人生病，或者有人吵架，总之，鸡飞狗跳。

春仔想起有一回,婶婶和妈大吵起来,很凶,好像是为了一件小小的春仔不能了解的事。妈妈是春仔最亲的人,婶婶是最疼春仔的亲戚,她们两个平时也蛮好,怎么会突然变脸,吵得跟仇人似的。

必定是闹鬼了。

难怪宅子里有人暴病,都会请道士来作法。

"你会捉鬼吗?"

游师傅点了点头。

"你把鬼宅的鬼捉了吧。"春仔央求道。

"鬼呢,其实并不坏,它只是想找个地方躲而已,为什么要捉它。"

"那你会不会捉呢?"

"那是当然。"

"我要跟你学捉鬼。"

"你该学点功课,那才是正经事。"

"功课学得好,还不是照样被人揍。我要学捉鬼。"

春仔的婶婶,会酿酒。她把糯米蒸熟的时候,厨房里散发着醇厚的米香味。对春仔来说,这是一种诱惑,弥漫整个童年。春仔成年后闻到这种香味,就想起木头屋子,光线从屋顶瓦片间漏进来,蒸汽在光柱里缭绕,一切的想象都聚集于此,又从这里开始,漫无边际地散开。

春仔循着香味走到婶婶的厨房,咽了咽口水。

婶婶说:"春仔,你过来玩,你妈妈会骂你的。"

妈妈和婶婶吵架之后,一切都改变了。本来春仔在大宅院的每一家都可以遛一遛，每天蹭点馋嘴的货绰绰有余。

"是因为有鬼。"春仔说。

婶婶没听懂，问道："你妈心里有鬼？"

"不是，是厝里有鬼。"

"春仔，你胡说什么？"

"你们吵架是因为有鬼，你们都是好人，不应该吵架。"

"春仔，你是不是鬼上身了？"

"如果鬼捉起来了，你们就不会吵架了。"

婶婶打开蒸笼，蒸汽弥漫，把她整个人笼罩住了。她的声音像从云里飘出来："你要吃糯米饭团吧？！跟你妈一个德行，要吃东西吧，就直说，拐弯抹角，说东道西，这样不好。"

婶婶从蒸笼里抓一把，揉了一个饭团给春仔。春仔心里不情愿，手还是把它接了过来。

春仔想，如果不把鬼捉住，这些女人根本不懂我说的话，她们永远只会站在自己的立场斤斤计较，但永远不晓得是鬼迷心窍了。

如果鬼继续存在，妈妈跟厝里更多的女人吵架，家家户户都跟我家有芥蒂，简直是断了食路。

一天夜里，妈妈的情绪还不错，春仔看见便躺在她身边道："以后你别跟婶婶她们骂架了。"

妈妈疑惑，道："你小子长大了，管起大人的事了？我不吵架，我会死的，你管管你自己不要再尿床了。"

春仔到了十岁以后还尿床，经常被妈妈说出去，羞愧的时候他恨不得把小鸡鸡摘掉。

"你把厝里的人都得罪了，我也会死的。"

"胡说！"

"我会馋死的。"

外来的和尚好念经。这话放在游师傅身上，绝对合适。找他看相算命的人，都是慕名而来。现在是游师傅人生的巅峰时期。他是一个传奇，受人尊重，赚人钱财，每日里笑容荡漾，脸上的褶子，一浪高过一浪。

有一个本地的算命先生，戴个黑框眼镜，人称"四粒车"。游师傅声名鹊起，他当然不服气。他有个亲戚，是县城干部，过来走亲，听说此事，饶有兴趣，两人便找游师傅过来切磋一二。两人到了铺面，游师傅只瞧一眼，脸色就严肃起来。四粒车道："看手相！"游师傅道："你不用看，跟我是同行。"四粒车大吃一惊，道："不是我看，是他看。"干部把手伸给游师傅，游师傅结结实实摸了两把，叫道："嘴吃公家饭，头戴乌纱帽，不知道还要看什么。"干部笑了，道："就说这个帽子，还有多高？"游师傅道："比你祖上加起来的都高，到你这一代是风水盛时，当在县城一级。"干部笑道："好好好，这眼力见儿，该你在斜滩有口饭吃！"干部笑眯眯地带着四粒车走了，四粒车恨得直叹气。

有游师傅在，对春仔来说，这个家有了一个十分有趣的人物。对爸爸来说，意义更大，可以放心地去茶厂了。有时候爸爸回来，就跟游师傅一起去看山寻龙。他很久才回来一趟，好像茶厂才是他的家，家里倒是一个客栈。他有一次回来，春仔有点认不得他，摸摸他的胡子，说："你好像长高了。"爸爸不好意思，道："这句话应该是我跟你说的，你怎么傻了？"

春仔叹口气，道："宅里有鬼，早晚要傻的。"

跟着妈妈去摘鼠曲草，是春仔最喜欢的事，其他的事才不会跟在妈妈后面。以前，妈妈跟婶婶们一起去，路上叽叽喳喳，说不完的话，现在这种状况不复存在。鼠曲草，浅绿透着淡黄，毛茸茸的，开着黄色的小花，是每个春天寿宁的人必定要去摘的一种野菜。路边、山坡、田埂，到处都有它们的影子。春仔们只摘它的嫩芽。

春仔不想去上学，跟在妈妈后面。妈妈说："该上学你不去，晃荡呀？！"

春仔说："去保护你，多上一天学也成不了好学生。"妈妈被鬼惊吓之后，胆子变得小了很多，经常疑神疑鬼。

妈妈道："你给我壮壮胆倒是可以，但请下一次多考几分，你考的分数要对得起吃的米饭。"

因为有春仔壮胆，妈妈跑了很远的山路，摘了一大箩筐。春仔肚子饿了，催妈妈早点回去。

回来后妈妈就连轴做鼠曲饼，她把鼠曲草和糯米浆糅合一起，不停地揉，让它们彼此交融。春仔觉得已经可以了，妈妈还在揉。"妈，你是在擦汗水还是泪水呀。"妈妈又擦了一把，道："当然是汗水了。"春仔说："你好像哭了，哎，可能是鬼作怪的。"直到米浆变成绿色，鼠曲草完全融进去了，妈妈在锅里放茶籽油，噼噼啪啪响，米浆进去了，唧唧叫，春仔鼻子吸了吸，那种香味很过瘾。

妈妈要把一大盘鼠曲饼送给游师傅，春仔自告奋勇。妈妈说："这个要亲自送的。"春仔便跟在妈妈屁股后面。

游师傅正在看书，一本古书，线装的，竖版字，字印得很大。游师傅连看的书都别具一格。春仔想，那书里应该有很厉害的捉鬼法术。

游师傅说："哎哟，我刚才就想，鼻子闻到什么这么香，还亲自送过来。"

妈妈道："哎，你先尝尝，我有事要问你。"

春仔邀功道："鼠曲草我也有摘，我摘了有一半。"

游师傅道："厉害，能帮妈妈做事呀！将来绝对有担当！"

妈妈笑道："偶尔能打个下手，就是不爱读书。他姐回来报告，数学才考了二十九分。"

春仔叫道："姐姐撒谎！我不止考二十九，我考三十三分。"

妈妈说："三十三分也不高呀。"

游师傅道："三十三分不错了，我来考都考不到三十三分。争取下次考三十四分。"

游师傅是唯一夸过他成绩的人。春仔觉得游师傅独具慧眼。

闲聊片刻，妈妈满腹心事道："游师傅，你帮我算一算，他爸是不是外面有女人。"

妈妈并不在意春仔就在面前，也许她认为春仔还不懂这类复杂的事，也许她是心焦而忽略了。

游师傅吃了一惊，说话都有点支吾了，道："这，这，我，我可以算命，算前程，算风水，算缘分，但这个，还真没算过。"

妈妈道："能算命，这个肯定是小菜一碟了，你帮我算算，我这心里，跟被挖了一块似的，难受！"

游师傅洗了手，郑重其事地摆出十几根比筷子稍短的树枝，用易经八卦来推算。此时他表情变得轻松，逗着春仔道："春仔，你喜欢跟妈妈睡，怎么不喜欢跟爸爸睡？"春仔道："没有孩子喜欢跟爸爸睡吧！你小时候喜欢跟爸爸睡还是跟妈妈睡？"游师傅道："爸爸妈妈长什么样，我都没见过呢。"春仔叹道："难怪你能捉鬼！"

游师傅推算完毕，道："我看这卦，没有一点桃花运的征兆。"妈妈松了一口气，道："这就好，可是……"

春仔插口道："你再算算，我见过他自行车后面载着一个女人。"春仔突然想起，有一次在街上，看见爸爸的自行车后面有一个阿姨。

游师傅笑了，拍了拍春仔的脑袋："你聪明倒是挺聪明的，就是聪明过了头。你爸爸那辆凤凰自行车，谁都想坐在后面捎一程。"

那天爸爸下午回来的时候，妈妈还很高兴。爸爸这一趟比较顺利，分了钱回来的。夫妻俩在灯下数钱，那是特别温馨的一幕。爸爸还盘算着等钱够了，建一座新房，离开这人挤人的鬼宅。春仔不觉得鬼宅不好，他甚至觉得一家跟一家就应该这样挨着，单独住一栋房子太没劲了。爸爸还对妈妈嘀咕一句："到了新宅你就不用吵架了。"妈妈回了一句："你以为我爱吵，还不是因为你。"

晚饭后妈妈正在洗衣服，春仔本来要出去捉迷藏的，看见爸爸妈妈都在家，舍不得出去，虽然插不上大人的话，但是他喜欢像狗一样腻着，这里闻闻，那里嗅嗅。在他不留神的某个时候，妈妈与爸爸的战争就打响了。战争是因为一根头发，还是一言不合，春仔不晓得，只记得妈妈撕心裂肺地叫喊，把刚洗的衣服全部扔到爸爸身上。春仔吓慌了，不知道谁对谁错，也不知道帮谁。父母的战争，对孩子而言，是最惨烈的，它不存在自己投身于哪一派的问题，而是整个世界倒塌了。同厝的邻居赶来，很快就制住局面，战争在骂骂咧咧哭哭啼啼中迅速收尾，但春仔知道，自己梦寐以求的那种其乐融融，已经烟消云散。他的心里一片空。他在心里做了一个对比，跟父母吵架比起来，妈妈跟婶婶吵架，只能算是小菜一碟。他又充满忧患意识地胡思乱想，将来会不会有比父母吵架更惨烈的事呢？

三

游戏是警察捉小偷。一个扮演警察的孩子伏在一楼墙壁闭目不视，其他的孩子四散躲藏，再由警察去各处搜索，搜到后便带到原处，成为俘虏，排成队列。二楼的楼梯下，不知道谁放了个木箱，春仔钻了进去。楼梯底下本来黑暗，箱子里更是黑暗。他敲一敲木箱，发出浑浊的回响。这种回响特别亲切，像一个老人在轻轻耳语，历经沧桑但充满痴爱。春仔轻轻靠着，伴随着一阵前所未有的安全感，睡意袭来。他忘记了现在是在玩警察捉小偷的游戏。他睡了这几天最香甜的一个觉。现在每天跟妈妈睡觉，他都要揣摩她的情绪。她的情绪不太好，有时候会抹眼泪。他觉得妈妈是一只不可捉摸的兽。

妈妈变得陌生了。他努力地回想，熟悉的妈妈是怎样的。他能想起的，应该是爸爸刚买自行车那阵子。爸爸为买自行车，用各种办法攒钱，甚至去找人来买粪碱。春仔觉得神奇，粪池里脏兮兮的玩意儿也能卖钱，爸爸的脑子真的是好使。粪碱，就是粪池边上的结晶，那时候没有化肥，粪碱是绝好的肥料。施了粪碱，地瓜、花生、茶叶就能噌噌地长。爸爸把一个人带到粪坑前，指指点点讨价还价，三下两就从那人手里拿了钱，三年的粪碱全卖出去了。爸爸简直是个魔术师。春仔听爸爸的话，以后屎急尿急都往自家粪坑里赶，那不是脏东西，那都是钱。爸爸凑了八十元，买了一辆崭新的凤凰自行车，铃声脆亮，春仔起床第一件事，便是去摁铃，让全院子的人都精神起来。车买来不久，爸爸载着妈妈和春仔去外婆家。春仔坐在前杠上，妈妈坐在后座。妈妈问道："春仔，害怕吗？"春仔兴奋道："一点都不。"话音未落，自行车前轮碰到一个坑，晃悠几下，便倒了。春仔爬起来，觉得不过瘾，问爸爸："能再摔一次吗？"

到了外婆家，邻里们都来看锃亮的新车，有的摸着轮子，有的摸着光滑的横杠，像摸着一个刚出生的婴儿。爸爸意气风发，给他们介绍各个部位，交流骑车的要领，像一个经验丰富的老司机，引起众人的艳羡。妈妈眼里也充满了骄傲，丈夫、孩子和自行车，都让她满足。

后来春仔每每回想起这一幕，就跟爸爸说："咱们骑车去外婆家吧。"爸爸说："现在哪有空？"就是这一句话，春仔感觉，妈妈的眼睛黯淡了，再也看不到那种光了。

箱子外面一片安静。也许游戏早已结束，小伙伴们都回家睡觉了。箱子里闷热，春仔像被一个无形的人簇拥着，醒来的时候，他听见一声微微的叹息。春仔心知，这是鬼的叹息。爷爷死了，躺在一个棺材里，所以鬼必定也喜欢密闭的空间。他第一次离鬼这么近。

"出来吧，出来吧，我们好好聊一聊。"春仔轻声呼唤，带着引诱，像呼唤一个比自己更小的孩子。他一点都不害怕，他知道鬼就围绕身边，但是鬼若不现身，人是看不见摸不着它的。鬼只是变成一缕风，沿着脖颈处的皮肤骚扰。

"噜噜噜，出来吧。"他以叫唤小狗的声音，温柔地引诱。

"喵喵喵。"

"咩咩咩。"

"唧唧唧。"

春仔使尽浑身解数，但是鬼可不像任何一只小动物，也不知道鬼在想什么。

春仔遭了一顿胖揍。

大半夜的没回家，左右上下都找遍了，愣是没找到，都以为他被鬼带走了。妈妈急得都哭了。

春仔知道逃不过这一顿，乖乖把屁股亮出来。妈妈给他屁股蛋抹了醋，把墙上的一把竹枝取下来，抽，一边抽打一边哭哭啼啼骂道:"老子不回来,小子也不回来,你们都是一窝的吗,都是来气老娘的,你这孽种!"春仔先是咬着牙,接着忍不住哼哼唧唧,而后是杀猪般的大叫。醋渗进了带着血丝的创口,像针扎一样。这是打孩子的常规手段,只有这种痛感,孩子才会有教训。

游师傅循着杀猪声闯了进来,道:"我一听就知道是你的声音。"春仔叫道:"师傅救我!"游师傅道:"够了够了,打孩子别打这么狠,打到心里去,就收不回来了。"

妈妈也打累了,一把鼻涕一把泪地跟游师傅哭诉。春仔则躲在游师傅身边。

游师傅道:"家家有本难念的经,扛一扛就过去了。"

妈妈哭道:"游师傅,上次你是不是算得不准?"

游师傅道:"不是我算的,是卦象算的。卦象肯定是准的,是人的眼神不准,你看到的,未必是真相。"

妈妈嘟哝道:"我看,卦象还不如女人的直觉准呢!我觉得他心里有鬼,这你总能算到吧?"

游师傅含糊道:"心里的鬼没法算,我算的是死人的鬼。"

妈妈眼神流露出委屈,悲愤道:"你们男人都是一伙的。哼,迟早老娘我得自己出手,我就不信邪了!"

妈妈犀利的眼神和言辞,让游师傅心里一阵发毛。

那一晚,春仔被带到游师傅处睡觉,屁股一挨着床就疼。游师傅道:"跟被打的时候相比,这会儿是不是舒服了很多。"春仔想想,这么一对比,就不那么痛了。

屋子里,猴子在角落,游师傅和春仔睡在床上。猴子似乎不高兴,挥着手,发出吱吱的声音。春仔道:"你别赶我,我明天带你出去玩。"

被窝里弥漫着一股烟草味,这是男人的味道,让春仔很有安全感。游师傅发出满意的慨叹:"床,真是舒服!"

春仔道:"你以前不睡在床上?"

游师傅道:"睡在庙里,过路亭里,廊桥上,那都不叫床。我们这样睡着,多安稳,永远也不会有人在你边上大小便。"

春仔不能体会,睡觉,对游师傅来说如此重要,好像天底下最美的事就是睡觉。

游师傅又感叹道:"老厝好,睡得真是踏实。"

睡在巨大的老厝里,像鱼睡在大海里一样安宁。

"要是没有鬼就好了。"春仔说,"那鬼就在我身边,可是我捉不到它。"

游师傅听了,一愣,叫道:"睡觉睡觉。"

"你说,鬼能捉住吗?"

"哎!娃啊!睡觉吧!"

猴子被拴着,抓耳挠腮,跃跃欲试。

春仔建议道:"要不也让它上床来睡。"

游师傅道:"胡闹!它要是上来,我们可就没得睡了。快睡,睡觉是最舒服的事,睡着了,什么苦都会忘掉。"

春仔睡不着,呆呆地望着天花板,幻想着自己捉到一个鬼,放在手心,给鬼起名字,左思右想定不下来。

他听到游师傅的鼾声响起来,像黑夜里一个游魂在独语。

一天,妈妈打了个包袱,红着眼睛说:"妈妈在这个家待不下去了,必须走了,你就好好照顾自己吧。"

这是妈妈最温柔的语气,含着悲戚,眼里流露出对春仔的眷恋。但这句话,把春仔的脑子劈开了。他没有劝阻,也没有哭闹,好像在长期的父母的对峙中,自己已经明白了一些宿命。

"什么时候回来呢？"

"不回来了。"

春仔眼眶一热。

"那你去哪里？"

"我随便，我给别人去当保姆都过得好，我要把这个家还给你爸！"

妈妈走后，爸爸就从茶厂回来了。他以前没有下过厨，现在搞起来，有点手忙脚乱。不搞没办法，孩子要饿肚子。婶婶会过来帮忙，跟爸爸小声嘀咕几句，春仔觉得大人一肚子都是阴谋。回家后，爸爸也有时间和游师傅去寻龙了。他们带着干粮，一去就是一天。爸爸抱怨道："这个女人被鬼迷心窍了，以前不这样的。"

游师傅说："哎，女人比鬼还精，你得悠着点，凡事得想着孩子。爹娘不在家，孩子没神气了。"

爸爸道："还是得靠寻龙，好穴地找到了，什么事都顺，赶紧！"

春仔不晓得，从什么时候起，爸爸变得不那么亲了。爸爸总是一副匆忙的样子，对他心不在焉。"爸爸，好久没带我去看戏啦。""爸爸，让我在自行车上再摔一次吧。"春仔开始怀着希望，后来就不问了。他想，可能人生的甜蜜时光就那么多，像节日一样，过了，第二天就不再有。

他到处溜达，像一只拴不住的风筝。

厝里房间接房间，人碰人，对大人而言，没有相对独立的空间，难免磕磕碰碰，鸡飞狗跳。对孩子来说，挺好，随便溜达，都是自家人。

郑奶奶住大厝北厢房，得病后，常年躺在床上。她的床底下摆着罐头，那是看望的人送的。春仔像进自己家一样进来。郑奶奶看见春仔，好开心，叫道："又来看我啦，就你乖，不嫌奶奶脏。"

房间里有点暗,春仔往床底下瞅了好一会儿,道:"我不是来看你的,我是看看你罐头吃了没有。"

罐头是最好吃的食物,一般只有病人才吃得上。春仔有一次发烧后吃到了罐头,就忘不了那个味道了。后来他脑袋一热,就问妈妈:"我发烧了吗!"

郑奶奶道:"原来你是想吃罐头呀。"

春仔分辩道:"我不是想吃,我只是看看你吃了没有。"

郑奶奶便叫人打开一个罐头。

春仔道:"我真的不是过来吃罐头的,但是你想给我吃也可以。"

春仔吃了两颗枇杷,啧啧有声,吃完了用舌头把唇边都舔了一遍。郑奶奶又把罐头瓶子盖上。

春仔问:"不吃完吗?"

郑奶奶说:"这么贵的东西,慢慢吃,一个劲儿吃完,那是地主家干的事。"

春仔吩咐道:"你要是吃完了,记得把罐子留给我。"

雨天,春仔坐在屋檐下看滴水。水滴到天井里,水花跳动,像一个个从天而降的精灵。下雨天无趣,春仔呆呆的,别人看他像傻孩子似的。厝里爱开玩笑的塌鼻伯伯道:"春仔,你咋不去上学呀!"春仔像梦一样反应过来,道:"下雨天去上学,就会发烧,发烧了就要吃罐头,你有罐头给我吃吗?"塌鼻伯伯道:"贪嘴还能绕这么多,真是聪明的孩子。"

雨天,游师傅也没什么生意,在铺里烤炭火。在炭火里加了几个红苕,香味飘出来,暖暖的直通心窝。春仔闻香而来,吸了吸鼻子,问道:"红苕会不会痛呀?"游师傅把红苕的黑皮剥下来,露出金黄的粉嫩的一坨,递给春仔道:"痛不痛我不知道,但红苕最好的归宿就是被烤熟。"

猴子跃跃欲试。春仔一心想把它放出来一块儿玩耍。游师傅不让,说猴子一放出来,就会闯祸。春仔不相信,他觉得猴子很乖,又通人性,把红薯分一半给它,它还会作揖。春仔一直有把它放出来的冲动。

"我爸以前也有跟我一起烤红薯。"春仔吃了这个,就会想起那个,嘴上也活络了。

"哪一个好吃?"

"都好吃。你会一直住在这里吗?"春仔希望游师傅留下来。

"我倒是想,谁也不想一辈子耍猴的。"

"你是因为没有家,才去耍猴吗?"

"也可以这么说。"

"可是我有家,也想出去耍猴。"

"你妈回来了,你就不想了。我都没见过我妈是什么样呢。"

"你能留下来太好了,我要你帮我一个忙。"

"哦,难道是,想让我替你考试?"

"不是不是,考试我会,考一百分难,考二三十分还是不在话下。"

过了两天,郑奶奶的罐头吃完了,春仔如愿以偿得到了罐头瓶子。他跑到游师傅门前,道:"你把鬼宅的鬼捉了,我养在玻璃瓶里。"

四

妈妈在外婆家待了几天,还是回来了。不论多大的怨恨,还是架不住她想春仔。

她赌气想出去，甚至想进城打工。谁也不愿意一个活生生的家庭拆散。娘家人捎来消息，要春仔爸爸赶紧过去接人。爸爸去了，妈妈坚决不回，说他狗改不了吃屎。外婆问："你还能顾着这个家吗？"爸爸说："能呀，不过我也得顾着茶厂，趁着现在政策好多挣钱呀。"外婆说："挣钱是好事，没人拦着你，可你别把老婆气得都不顾家呀。"爸爸分辩道："那是家里祖坟风水尽了，总得闹出一些动静。等我找到好穴，都会风平浪静的。"

妈妈还是不答应。爸爸空手而归。又扛了几天，她最终还是敌不过对春仔揪心的思念和牵挂，红着眼睛回来了。

厝里的邻居都过来问候，过来打探消息。大厝就是这样，平时闲言碎语，有事了又是一家人。张婶说，你走了，春仔怪可怜的，在我家吃了好几顿呢。王婶说，春仔不去上学，还跑去看公审，那是枪毙人的，小孩怎能看。严打时期，时不时都有公审大会，审完判死刑的，直接拉去枪毙。

妈妈听着泪眼涟涟，道："要不是他爸不争气，我怎么舍得走！"

春仔开心了两天，又忧心忡忡起来，他现在有了深深的忧患意识。他问道："妈妈你下次什么时候走？"妈妈愣住，回答不出话来。春仔吩咐道："你要走的话，提前三天告诉我，让我做好准备。"

爸爸又要出门，妈妈把气撒到他身上，叫道："你别以为我屈服了。别狗改不了吃屎，你要是再造孽，我也有法子。"爸爸道："你整天疑神疑鬼，我怕你是鬼缠身了。"妈妈说："你才鬼缠身！你小心点，广播上天天批判的，就是你这种人！"

春仔不太懂大人的话，但知晓不是好话。不但不是好话，而且爸妈的矛盾没有结束，甚至下一轮的冲突蓄势待发。他的心思像一只小兔子在心里，跑呀跑，停不下来。

春仔又来找游师傅:"你什么时候能捉到鬼?"

游师傅摸了摸春仔的头:"怎么啦,这么着急,你那玻璃罐又不会烂掉。"

春仔梦想着,鬼放在玻璃罐里,怎么也是跑不掉的。鬼若隐若现,人想看到它,玻璃罐是最好的场所。那时候,春仔拿着玻璃罐,走街串巷,也像耍猴一样,给所有的孩子们看。人们会鼓掌,说:"太棒了,这是第一个捉到鬼的孩子。"

"快点吧,再不捉到,爸爸和妈妈还会吵架的。"有鬼,就是不得安宁,这个认识已深深地烙在春仔的脑海里。

游师傅跟春仔解释,驱鬼可以,但是捉鬼就没那么容易。因为大人是看不见鬼的,只有小孩能看见,但小孩又没有捉鬼的法力。

春仔对捉鬼的法术着了迷。游师傅见他那么认真,只好娓娓道来。捉鬼是一门古老的法术,只有少数本领高超的法师才能捉住。因为他们能分辨出鬼的出没。小孩子有天眼,动物也有天眼,能看见鬼。人长大后,天性消失,天眼就闭上了。看不见你怎么捉呢?所以一般的法师,可以驱鬼,但是捉鬼,就是难上加难。

"天性是什么?"春仔熟练地剥了炭火上烤熟的烤山芋,嘴里嘘嘘叫着。入冬了,这盘炭火像一个魔术师,既能取暖,又能变出各种吃的。春仔甚至看见游师傅把一只蚂蚱烤熟了吃,吃得津津有味。

"天性呢,就是像你这样,好吃懒做,不去上学,哪里好玩往哪里凑。等你有一天,懂得营生了,天性就消失了。"

春仔突然想起一件往事,道:"对对对,我天性在,能看见鬼。"

游师傅又愣住了。

"有一天清晨,我起来,看见戏台上,有穿着戏服的人正在唱戏,绕来走去,裙袖翻飞。我觉得奇怪,大清早怎么有人唱戏呢?爸爸叫我吃饭,说:'春仔,你魔怔啦?'我指了指戏台:'我在看戏呢!'爸爸却什么也看不见,但是他知道小孩能看见鬼的,他捂住我的眼睛说:'看不得看不得,赶紧吃饭去。'爸爸那么一叫,我睁开眼睛,戏台上空空的,连风都没有……"

游师傅给春仔解释道,原来在这里演戏的人,死了,变成鬼以后,他们还是觉得演戏最快乐。于是他们又聚在这儿演戏了。鬼一般是夜里活动的,它们演戏演到凌晨,还不愿意散去,被你看见了。等太阳一照到,它们就必须散了。

春仔觉得游师傅一身本事,自己想知道的,他都能解答。他是一个神一样的人。

"下次我再见到鬼,就赶紧叫你,你可得准备好了。"

"行行行,你把玻璃罐准备好吧。见过孩子喜欢养鱼、养蟋蟀,头一次见到你,喜欢养鬼。"

离捉到鬼又近了一步。春仔每天擦拭玻璃瓶子,一旦鬼入瓮,他就能看得清清楚楚。鬼会在罐子里跳舞呢,还是会憋死?鬼憋死以后,会不会变成另一个鬼?

十岁以前的很多事,对于春仔来说,都是猝不及防。

那天中午,春仔放学回来,经过自家门前一块荒草坪,草坪上的草已经枯黄。一群麻雀叽叽喳喳潜伏其中,觅着草籽。春仔扔了一块土疙瘩过去,一群麻雀乍飞出来,像草丛里冒出的一股烟尘,从围墙上空消失。

春仔一进宅院,就看到自家门前围满了人,好像是那群逃逸的麻雀降落此处。他心里一阵恐慌,直觉家里一定生什么事了,而且是大事。长大之后,春仔对人群有过敏反应,一见人多,他就觉得要出事,脸上就铁青了。

他钻进人群,看见妈妈还在,只是一脸悲戚,好像刚哭过。其他邻里个个表情凝重。春仔嘴里嘀咕,怎么啦?但没人理会一个小孩子。他看了看锅碗瓢盆,都好好的,不像是父母打过架的样子。他心里更慌了:这一定是比打架更大的事。

春仔走到妈妈身边。妈妈只是发呆,似乎认不得他了。显然,她被发生的事情搞蒙了。

后来还是婶婶发现了他。婶婶说:"快到我家吃饭,你家没饭吃了。"

春仔跟着婶婶过来。婶婶盛了地瓜米与大米交杂的干饭,桌上有芋头蘸酱油。这时,春仔已经不想问婶婶到底发生什么事了。他不想知道,也怕知道。婶婶看他吃得差不多了,才告诉他:爸爸被抓了。

春仔"哦"了一声,心里一块石头落了地。他原以为是爸爸妈妈打架,这是头等的坏事。爸爸被抓走,对自己而言,打击小多了。被谁抓走,为什么被抓走,春仔一头雾水,反正大人的事他搞不懂,自有大人去解决。再说了,爸爸被抓不抓走,反正都没什么时间在家里。

婶婶叹道:"你这孩子,没心没肺的!跟你妈一个德行。"

五

爸爸是犯了流氓罪被捕的,这个罪行在当时很严重,消息传得很开,连孩子都知道了。在学校里,春仔成为被嘲弄的对象,同学们叫他"流氓的儿子",这个臭名昭著的称呼也是事实,使他无可辩驳。一下课,早已按捺不住的几个男孩便会聚在一块儿,窃窃私语，一会儿有个人大叫"谁的爸爸是流氓？"其他人对着春仔哈哈大笑，肆无忌惮的笑声，对春仔而言有百般滋味。嘲笑还不够，有的孩子还朝春仔动手动脚，因为"流氓的儿子""罪犯的家属"是可以随意侮辱的，这是时代遗下的流俗。春仔条件反射地还手，他们便叫道："快来看呀，流氓的儿子还会打人呀！"

诸如此类的场景，大多发生在下课时间。下课对于春仔，是最难挨的时光。他听到下课的铃声，心就跳得厉害。就连平时玩得最好的朋友，也不屑与他为伍。春仔能理解他们，自己已堕入万劫不复的境地。谁要是家里有个坐牢的爸爸，应该都会落得同样的下场吧。

有一天，春仔到学校门口，看着祠堂改建的学校大门，外面阳光照耀，里面阴暗，与其说是学校，不如说是一个难熬的监狱。他心里想，爸爸在那边坐监狱，我在这边坐监狱。庆幸的是，爸爸在那边逃不出来，我在这边却可以逃走。脑袋中这么灵光一闪，他立马转身。

他无所事事地在巷子里溜达。古宅中的石板路，被踩了几百年，石面油光滑亮，闪着寂寞的光。偶尔有土狗躺在路上，懒洋洋的。狗不用上学，也没有人欺负，春仔觉得做一只狗挺好。不过，一个人这样晃荡，毕竟太孤寂了，他突然想起了藏在老宅里的鬼。这时候他无比地想念鬼。他悄悄地上了二楼，在那个木箱子里，如法炮制，钻了进去。片刻，他发出蛊惑的声音，倾尽温柔地唤道："你出来吧，跟我交个朋友好吗？"箱子里漆黑一片，他能感觉到鬼在触摸自己的皮肤，极尽温存。他觉得自己与鬼近在咫尺，他能感觉到鬼的善意。

"你是个好鬼，只要你出来，我会原谅你的。"

鬼始终没有出来。春仔伸出手，摸了个空。他想，如果自己掌握捉鬼术，这时候一定手到擒来。

春仔灵机一动，一溜烟钻了出来，跑到楼下风水铺里。游师傅看见他背着书包溜进来，叹道："春仔，学校上辈子是跟你有仇呀。"

春仔道："你没上过学，不知道，学校根本就不是人待得住的地方。"

春仔左瞅瞅右瞅瞅，游师傅晓得来意，掏出一个话梅糖给他。春仔含住话梅糖，心意落下，问："你说，我爸是个好人，为什么会变成流氓呢？"

游师傅摇摇头，叹道："如果我有你爸爸那样的一辆凤凰自行车，有一身的白衬衫，有一个铮亮的皮包，又有做生意的好本事，也会变成流氓的。"

爸爸是因为和茶厂年轻女工有不正当的关系，现场被捉而入狱的。适逢严打，身败名裂不说，还有性命之忧。

"为什么呢？"

"因为有本事的人才能当流氓？"

"这么说，流氓不一定是坏人？"

"有些流氓是坏人，可你爸爸不是。"

"我听说会枪毙的。"春仔哭了起来，爸爸是冤枉的。

"不会不会，我给他算过命了，牢狱之灾是有，但是不会丧命，你爸以后活得长呢！"

春仔皱了眉头，半天道："难道我妈妈是坏人？"

春仔爸爸入狱，受伤害最深的，是他妈妈。因为是妈妈报的信。出事之后，不论是人前还是人后，对妈妈嚼舌头鄙薄的闲话哪样都有。有人说，这哪里是老婆，这是丧门星。也有人说，把老公送到牢里去，怪狠的。春仔也不知道，妈妈的心里，究竟是悔恨，还是一泄怒火的畅快。

"你妈妈呢,也是好人。不过呢,家家有本难念的经。春仔呀,原来我也想护着你,只不过造化不由人,这些事,你长大后才能懂,现在就别花心思了。"游师傅劝道,"你既然吃了话梅糖,还是去上课吧。"

"求求你别让我去学校,提到学校这两个字,我的心就怦怦跳。"春仔道,"我要跟你学捉鬼。"

在春仔强烈要求下,游师傅叹了一口气,只好跟他说起鬼道。春仔则像一个思想者,边听边若有所思。

鬼呢,人死后为鬼,关在地狱。但人间的鬼,多是有怨念的,不思超度,不愿轮回,这种鬼呢,怨念聚为阴气,容易给人带来灾祸。老宅的鬼,蛰伏于此,是有原因的。或者生前遭到虐待,不愿离去,怨气凝聚,常思报复,或者生前有留恋之人,死后不愿离去。鬼怕阳气足的人,或者心无所惧之人,倘若你心中惶惑,或者体弱多病,鬼就容易接近,以阴气袭人,使你得病,或遭灾其他。

捉鬼的人,要利用鬼怕阳气这一原理。什么东西阳气最足?兽血。捉鬼人比较容易获取的,是鸡血和猪血。捉鬼人遇鬼,将血涂在左掌,伸出左掌,大喝一声。鬼被阳气所伤害,便不能动弹。这时取出捉鬼符,念起咒语,鬼便乖乖降服,跟着符走。

春仔听了,兴奋道:"我会了,教我画符,教我咒语,我就能自己捉鬼了。"

游师傅笑道:"你这小鬼,想得太容易了,我画符和念咒都学了半年,才慢慢入门,你就想现学现卖,这是大胆妄想。光是画符,就有符头、符胆、符脚,要配合取笔咒、下笔咒、敕符咒,岂是你说会就会的。"

春仔道:"那我天天来你这儿写,总可以了吧。"

游师傅道:"学倒是能学得成,只不过有一样,你是心有恐惧的人,总是捉不成鬼的,反而会受其害。如果你有一天进学校不怕了,那就可以捉鬼了。"

春仔听了皱起眉头。

春仔留恋爸爸载着他和妈妈一起去外婆家的日子。可惜这样的经历只有一次,不能再有。春仔想重温这种美好的时光。游师傅说:"骑车我可不行,我从来没摸过。我来帮你,你来学。"春仔在游师傅的鼓励下,把脚从三角杠中斜插过去,游师傅在后面扶着车。春仔的平衡感特别好,学了一个上午,便能让游师傅放手了。游师傅惊叹:"春仔,你真是一个天才!"

那一天对春仔有很深的意义,他知道学习的好处,和学会的快乐。他知道自己离不开游师傅了,跟他在一起,自己一直在成长。在游师傅的鼓励下,他再一次走进学校。游师傅说,别人嘲笑你,你微笑,嘲笑就反弹回去了。如果你生气,就被嘲笑击中了。如果别人打你,你就要还击,打不过也要还击。游师傅告诉他,如果打架的话,你要用背部和屁股去承受别人的打击,但是你还手,要打别人要害部位,比如腹部,这样他就晓得你的厉害了。在游师傅的教导下,春仔在学校里打了有准备的一仗。以前打架,他越是被动,越是逃跑,别的孩子就越猖狂,越喜欢惹他。奇怪的是,这一仗后,惹春仔的孩子就少了,甚至在动口时都有所忌惮。春仔感到游师傅的神奇,并且对自己捉鬼的本事,也充满了信心。如果到时候他带着玻璃瓶到学校,瓶子里装着一只鬼,看看谁还敢笑话他。

那一天,游师傅独自去深山寻龙,早晨他带着罗盘和干粮,太阳一出来就出发了。那时候春仔还在梦中。春仔爸爸被抓之后,捎口信回来，让游师傅一定待在这里，第一是保护家小，第二呢，赶紧寻龙，龙脉寻到，就能脱离厄运。

春仔醒来的时候，游师傅可能已经在车岭上了。春仔怅然若失，他很想跟游师傅一起去。游师傅说，要去很远，小孩子根本走不到。春仔争辩说，自己的腿挺能跑的，跑得比狗都快。他曾经被一只疯狗追，但狗追不上他。游师傅说，跑得快没用，必须有耐力，等到十六岁才有翻山越岭的耐力。春仔掰一掰指头，离十六岁还差得远，叹了一口气。他眼巴巴地等着游师傅回来。到了晚上，游师傅没有回来。他差点儿哭了，想游师傅会不会一走了之？游师傅会不会给老虎吃了？他一夜没睡好，一有动静就醒来。到了次日傍晚，游师傅才风尘仆仆地回来，一回来就躺在床上睡去，像八百年没睡觉了。

春仔守在游师傅床边，像等待一头沉睡的狮子。

后来游师傅说，自己遇上了鬼打墙，晚上被困在山里，回不来。船仔很好奇，游师傅能捉鬼，还会碰上鬼打墙？游师傅道："小孩子不懂，人外有人，鬼外有鬼。人哪，活着都没那么安稳，一不留神就马失前蹄。"

不过游师傅带来了好消息，那就是龙穴找到了。他带着一张描好的风水图，好像一张藏宝图，对着春仔道："春仔，这块地给你爷爷奶奶做墓地，吃四五代风水不成问题，将来你得飞黄腾达，想要干吗就干吗！"春仔道："那我可以捉到鬼，装在玻璃瓶里，到满世界去卖艺了？"游师傅道："有比这更好的事。"春仔道："这才是最好的。"游师傅道："我不跟你争了，我得去找你爸爸，只要他同意，就可以看日子动工了。"

春仔想跟着游师傅去看爸爸，游师傅不同意，道："那地方你不能去，去了你爸就不能安心坐牢了。"春仔的眼皮一直跳，他忧心忡忡道:"你会不会再碰上鬼打墙,回不来呀?"

"放心,这回再碰上鬼打墙,我就把鬼捉了来!"

但春仔没来由的担心还是没有减少,他拉着游师傅的衣角,道:"你答应我一定要回来,一直和我在一起!"

游师傅捧着春仔的脸,他在春仔的眼神里发现了他不曾看见的东西。他突然哽咽了,抱着春仔瘦小的身子道:"可怜的孩子,我保证,行了吧!"

对春仔而言,每个故事都不会有圆满的结局。

游师傅是被打断腿而走的。春仔亲眼看见,他确实有一只腿被打断了,拄着拐杖。身后是愤怒的人群,咒骂他,也朝他吐口水。四粒车在旁边喊"骗子!"旁边的人也跟着喊:"骗子,滚出斜滩!"

春仔噙着眼泪,就这样看着游师傅走了。他不敢上前,他怕被人群咒骂。他最敬佩的人是个骗子,这个事实让他蒙了。

事情的起因,是猴子。猴子,是春仔放的。春仔跟猴子熟了,带着猴子遛一遛,却没有拴好绳链子。猴子邀功,半夜自己打开箱子,戴上面具,穿上鬼服,爬上人家的窗口去装鬼偷东西,结果逃走时衣服钩脱,露出原形,被人知晓。真相大白,游师傅的传说也露馅了。

春仔不相信这是事实。游师傅的形象在他心里一直没有变,他是一个无所不能的神人。他爱他,让他长大。直到上了大学,他又想起这件事,便去查资料,才晓得,在偷盗界,有一种偷,叫"畜偷",就是驯养一些动物,主要是猴子、狗,还有一些智商高的乌鸦,用食物训练它们偷盗技巧。在主人的调教之下,它们能够在寻常人家找到最宝贵的东西,献给主人,获得主人恩宠。游师傅则是让猴子戴上面具变成鬼,这样更有可操作的余地。

春仔不相信这一切。不相信猴子就是鬼。更不相信游师傅是个江湖骗子。他对游师傅的负伤离去耿耿于怀。很多次,他梦见游师傅瘸着腿回来了,对他说:"真的有鬼!"

直到十六岁,春仔终于在梦中捉到了鬼,他把它养在一个玻璃瓶里,出走四方,人们争相观看。春仔得意地摸着自己的小胡子,长得跟游师傅一样的小胡子。孩子们奔走相告,去看吧,春仔,他是世界上第一个捉到鬼的人呢!

爸爸入狱之后,妈妈情绪一落千丈,前前后后被人冷落。关键是,家境也一落千丈,她咬紧牙关,死不承认自己有错,一个人熬过各种难关,不求别人。有一天她带着春仔到车岭关摘茶叶。休息的时候,她指着不远处一个山村跟春仔讲了一个故事:

斜滩通往外界的车岭关古道,十里处有一山村,名叫乌由村。村里有一户田姓夫妻,不育,到处拜了菩萨,吃了草药,还是不行。绝望之际,渐至中年,有一天妻子就突然怀上了,生了一个孩子,叫田中宝。夫妇俩疼得不行,只把穷家娃儿当富家子养,舍不得让他动一根稻秆。田中宝十六岁,父母得病双亡,父亲临走托付至亲叔伯,给孩子一口饭吃。田中宝已经成人,却砍柴种地一样不通,带到田间地头也跟木头一样,就是不动。邻里亲戚不忍看他饿死,给他些土豆大米,他却在家里,连灶火也懒得点起。不得已,邻里亲戚只好送些熟食过来,让他有一顿没一顿地胡过,每当快要饿死,又被人一顿救起,如此反复。有个叔叔道:"你要这样,迟早会饿死,不如带你去斜滩镇上,便是乞讨,也能混口饭吃。"便带他到镇上,干点营生肯定不成了,他便沿街乞讨,夜里在廊桥洞中歇息，也算是有一条活路。

一日乞讨到了郭家大宅，吃了些施舍，觉得此家繁华浩大，人丁兴旺，是个好地方，便偷偷蛰伏下来，躲在二楼暗处，不受风不受雨，冬暖夏凉，比起乞讨，又是舒服得多。这一念头，正中了懒人心思。白天里便在谷仓角落睡觉，夜里，便偷偷去厨房偷点吃的，应付几天，过着跟老鼠一样的日子。对于郭家宅院，哪个僻静处能躲着安全，比起主人更熟了，比起老鼠更精。便是偷食时被人瞥见，被当成鬼魅，只会更加安全。如此反复，三年过去。这一日，他被锣声鼓声琴声箫声大小花旦唱腔吸引，不由自主偷偷挪出来观看，被抓住时：长发及手，掩面如魅；面目积垢，恐怖如鬼，浑身恶臭，人不能闻；因长期蜷卧，双腿已软，行走已难，人不人，鬼不鬼，可怜可怖，当时见者闻者，有几人都吃不下饭。

妈妈道："春仔呀，你要勤快，要是懒的话，就跟这个田中宝一样，变成一个废物。"

春仔说："我没有不勤快，我天天练画符，练咒语，我比我每一个同学都勤快。"

妈妈道："我是要你学习，长大后可以出人头地，给妈妈一点指望。"

春仔倔强道："我要捉鬼。"

妈妈道："你这孩子怎么这么倔，捉鬼有什么用？"

春仔道："鬼捉住了，爸爸就可以回来了！"

妈妈抱住春仔，痛哭起来。春仔也不晓得被哪一种情绪击中，和妈妈一块儿抱着哭。哭得差不多了，妈妈用袖子擦拭眼泪，道："哭有个鸟用，春仔，你别想着靠鬼靠神靠风水，鬼呀神呀风水呀，都是你自个儿的心思！"

"自个儿的心思！"春仔喃喃念着，魔怔了。

他想着跟同学干的那一仗,心里是恐惧的,嘴里喊着"不要怕,不要怕!"这是游先生教的心术。那一仗虽然惨烈,但获益良多。他觉得以前畏惧打架是一种无知,不打架,你根本不知道搏斗能带来什么。春仔不知为何,会想起这个。而且,他现在只想找个同学干一架。春仔用袖子擦了擦眼睛,光亮穿透了幽暗世界。

做作业

孩子身上有不可思议的直觉,我们都太小看他了。

一　离婚

马达达二三年级的时候，处于语言叛逆期，热衷于屎尿屁。到了四年级的时候，话题就辐射到成人世界，口味也更重了。小伙伴之间，也是经常语不惊人死不休。

"我吃过老鼠。"张子轩起的话头，特别自豪。自从跟妈妈去大金湖旅游，吃了老鼠干以后，子轩便把这当成壮举。

"我喝过毒药。"刘超俊不甘示弱。这话倒是不假，他在农村姥姥家吃黄瓜，顺手把农药倒出来蘸着吃，一边看手机一边浑然不觉。不过洗胃的时候难受得跟孙子似的，远不如这般豪气。

"都是小儿科，我炸过汽车，狠吧！"林斯文叫嚣道。过年的时候他把鞭炮放进人家小车里。现在他屁股上还留有竹枝的鞭痕。

四个小朋友从实验学校门口出来，一路磨磨蹭蹭走到闽东西路的十字路口，争强好胜吹牛皮达到高潮。马达达苦思冥想，想不出什么辙能高他们一头。三个小伙伴挑衅似的看着他。马达达个子比他们矮半个头，成为四人中最胆小的那个也是理所当然。

"走吧，他胆子小，你就别指望他让我们大吃一惊了。"张子轩叫道。小伙伴们笑了起来。

绿灯亮起，小朋友们正要随着人群过马路，马达达叫了一声，

| 117

张开双手:"站住。"显然,笑声刺激了他,他的脸憋得通红。

要是过了红绿灯,小伙伴们就要分道扬镳了,马达达把小伙伴们死死拦住,道:"我把我爸妈搞离婚,这个你们干不出来吧?"

"哈哈,够狠!"

"够变态!"

"这事我还真干不出来!"

三个小伙伴的笑声转为惊奇、兴奋以至服气,马达达这才松口气,心满意足。这时候绿灯已经变成红灯。

爸妈离婚这事,马达达原来还有一点空落落的感觉,现在这事变成炫耀的资本后,他倒是理直气壮起来,觉得自己干了一件了不起的事。

至少有一样是实惠的,那就是爸爸以前盯着自己辅导作业,有时候像一只苍蝇一样嗡嗡嗡地萦绕在耳边,有时候像一只狗熊咆哮起来,有时候又像一只抱窝的母鸡喋喋不休,总而言之,自己像被困在一个讨厌的动物园。现在,自己的耳朵解放了,一身清爽,放学回家后的生活也多姿多彩起来。

说实话,如果不管学习,马达达还是蛮喜欢爸爸的。爸爸叫马成长,普普通通平平凡凡,混在人群里就会被淹没的那么一个人,话不多,特别跟妈妈话不多,但是跟马达达话特别多。话多不是毛病,但老教训人就让人受不了了。马成长以前是公务员,工作也比较忙,虽然应酬多但不爱应酬,喜欢跟马达达混在一块儿。马达达那时候对世界充满好奇,脑子里随时随地都会冒出问题,爸爸随问随答。热衷于屎尿屁那阵子,达达从马桶上站起来,问:"大便那么臭,为什么没拉出来的时候人不会恶心呀?"

马成长严肃道:"达达,你现在越来越重口味了,以后还是不要谈诸如此类的问题,要不然会被学校扫地出门。"达达委屈道:

"我就是想知道才问嘛!"

看到儿子求知若渴的表情,马成长不得不解释道:"每个人都不会对自己身体里的脏东西感到恶心的。"

"为什么?"

"因为是爱自己的嘛,自己身上的臭汗、鼻屎、头皮屑,都是可爱的。以前呀,爸爸给你换尿不湿的时候,也不恶心,不但不恶心,还写了一首诗呢,为什么,因为爱你呀。"

达达开始看爸爸写的诗,《大便与画家》:

马达达同学

在满月之前

拉出的大便

金黄、稀湿

是凡·高酷爱的色系

我很想用它来画一幅画

我的画还处于

构思之中

马达达同学

就跟我开了个玩笑

他把大便拉成

一截一截的固态

不堪入画

这真让我

猝不及防

儿子，你这是成心

毁掉一个画家

马成长谦虚地请教："达达，你觉得我的诗写得怎么样？"

马达达摇摇头："很一般。"

"你每长大一岁，爸爸就给你写首诗，要不要看看？"

"不看，看这种东西会影响我的品位。还说我低级趣味呢，你管管你自己。"

马成长灰头土脸地收起了诗歌本子。这都怪他跟儿子没大没小百无禁忌地交流。

马成长本来是公务员，每天准时上下班，吃完饭后把达达架在脖子上，朝阳台外看风景。阳台外面能看见西山，有云雾缭绕的树林，有夜间闪亮的寺庙，有电视塔，还有雨季偶尔可见的林间瀑布。马成长把这些东西都编成故事，马达达刚会听故事的时候就开始听，直到后来质疑这些故事，让马成长难以自圆其说。这样的日子年复一年，达达骑在爸爸的脖子上原来要抱着头，后来可以像骑马一样胡作非为。有一年，马成长鬼使神差地辞掉公职，开始跟家埋头苦干。把铁饭碗砸了，在三线城市这绝对是个石破天惊的举动，他自己若无其事，可把亲人朋友给震惊了。

门房的罗大妈最为惋惜，问："是不是得了啥病了？"

"哪有什么病，饭吃得比谁都多。"达达的妈妈张静莹恨恨道。

张静莹原来是英语老师，后来改行做了导游，三年前自己做了旅行社。创业艰难，忙得脚不着地，又碰上一个怪脾气的老公，气越来越多，不免把公司老板的脾气带回家里。马成长吃软不吃硬，你是针尖我就是麦芒，你敢下海我就敢跳海，你敢瞧不起我，我就敢瞧不起世界。

"那躲在家里干大事？能赚钱吗？"罗大妈问道。

"这么说吧，这个房子首付是我出的钱，按揭由他来还，现在按揭也落我头上了。"

"那他到底是怎么想的？"

"怎么想，他没有脑子的。"

马成长在家待了一年后，啥也没干成。张静莹说："你去求求单位的领导，重新上班吧，就是做门卫也好。"马成长道："我辞职就是为了不求人，你想让我找罪受呀。"张静莹道："你是舒服了，可是你干出什么来了，难道你看不见现在自己失败的人生？"马成长正在晒衣服，一听就跟吃了枪药似的，把一件内裤甩了出去，道："失败又怎样，我为什么就不能有失败的人生？"他们经常这样毫无征兆地戗起来。马达达一边做作业，一边坐山观虎斗，觉得爸妈的吵架是枯燥生活里的一出戏剧。但有时候他也觉得聒噪，叫道："你们能不能别吵了。"

辞职后，马成长就有更多的时间辅导达达了。数学、语文的练习册、课时作业，英语课外阅读，网络安全作业，禁毒知识竞赛……马成长把精力花在儿子身上，事无巨细。达达可烦了，作业能拖就拖，能投机取巧就投机取巧。马成长说："达达，你忘了？幼儿园的时候，你说，要是天天有作业就好了。现在怎么把作业当成洪水猛兽了？"达达道："我那时候哪里知道作业这么多，还这么难。"

马成长指导他做完一道应用题，上了一趟厕所，回来，发现达达不见了。叫了一声，发现达达在卧室厕所。等了二十分钟，还没出来，马成长叫道："达达，你又玩什么鬼把戏？"

"厕所都不让上，还有没有天理了。"达达反锁着门，在里头叫屈。

"哪有拉这么长时间的？"

"我同学有比我更长的呢，林斯文在厕所里蹲了一个小时，不信你去问我老师。"

"别给我扯没用的，你快给我出来，要不然又拖到半夜睡觉。"

"我想出来，可是我屁股不同意呀。"

马达达在较劲中得到乐趣，嬉皮笑脸地磨嘴皮。凡是有一点好玩的地方，他都不放过。

马达达意犹未尽地出来后，马成长在马桶边上发现一本漫画书，拿出来对着张静莹咆哮道："我跟你说过，别再买漫画书了。要不然以后他就住在马桶上了！"

张静莹觉得莫名其妙，这跟漫画书有什么关系。她正在收拾碗筷，手上还滴滴答答带着水，一脸鄙夷地看着马成长气急败坏的样子。

马成长把马达达粗鲁地按在椅子上，叫道："爸爸一不盯你，你就想偷懒。上单元你的语文才八十二分，这已经是差生的行列了。爸爸就没想过，儿子居然是个差等生。"

马达达头被按住，觉得自己受到了侮辱。现在的孩子，敏感而自尊心强。他一把推开爸爸，叫道："差等生怎么啦？你允许自己做个失败的人，我就不能当个差生吗？"

马成长"呃呃"两声，气得说不出话来。张静莹走过来，道："孩子都不信服你了，你现在除了发脾气还能干吗！我看你在家里就是多余的人。"

就是这句话，导致了他们走向民政局。马达达这孩子，除了有点惊诧，对离婚并无恐惧，只是问马成长："以后我就不能见到你了吗？"马成长道："那不会，随时可见。"马达达道："行，以后我打电话你就过来，你们离吧。"在儿子的鼓励和见证下，两人速战速决。到了民政局大厅，马成长停下来，对儿子道："达达，你凭良心说说，是想跟着爸爸还是妈妈？"大概这个问题太沉重了，达达看了看爸爸，又看了看妈妈，好像伯乐相马。张静莹把马成长拉过来悄悄质问道："问这多余的干吗？孩子跟我，不是早就说好了吗？"马成长瓮声道："急什么呀，我就问问不行吗？"达达眨了眨眼睛，一脸诡笑："谁把手机给我我就跟谁。"马成长摸了摸他的脑袋，叫道："臭小子，你是手机生的吗？"

马成长就像离家出走一样，拎了个箱子就走了。达达把爸爸送到门口，关上门后，得意地窃笑起来，蹑手蹑脚地朝妈妈的拎包走过去。

二　失踪

按照马成长的说法，当老师的时候，张静莹像只麻雀，叽叽喳喳怪可爱的；后来当导游的时候，像只大雁，领头雁嘛，沉稳了；再后来自己当了老板，像只老鹰，雄姿顾盼，看马成长就像看一只麻雀。这一切的根源，马成长认为，就是能耐大了，更具体地说，就是会挣钱了，口气都变了。

现在，这只老鹰领着小鹰，从小区门口进来，是一对惹人羡慕的母子。马达达走路脚不沾地，蹦蹦跳跳，好像地球是烫的。马成长曾说，取马达达这个名字取对了，他就像一只小马达。

可是一到家里，就没那么和谐了。张静莹把包扔在沙发上，只是到房间脱了一件外套的工夫，出来就发现连人带手机都不见了。张静莹每个房间都找过了，在空旷的厅里大叫："马达达，你给我出来！"没有一点儿回声。这一幕真是又可笑又可怕，谁能想到在家里要像在深山老林一样找人呢。张静莹气得头发都要竖起来了，还好剩下一点理智。她用固话拨通了自己的手机，被掐静音了，但是侧耳倾听，还好能听见微弱的震动声。她循着突突声，蹑手蹑脚地到书桌底下，马达达正蜷着身子缩在桌底下用手机玩游戏。两人都被对方吓了一跳，马达达把手机扔给妈妈，憋住的笑一下子爆发出来，边跑边笑个不停。

"妈妈，我藏得是不是挺好？"他一边躲避妈妈的追打，一边得意问道。

马成长在家的时候，任务之一就是防着马达达玩手机。但马达达这时候就开始动脑筋，一会儿说要借手机查某个东西，一会儿又要到淘宝买文具，不给就各种争辩、哭闹，总而言之，把智商发挥到了极致。马成长定了个原则，马达达用手机的时候，他就在旁边盯着，决不让他打开游戏软件。以至于马达达放学回来，一看爸爸不在家，就欢呼雀跃。

达达觉得爸爸不在家，他就跟大闹天宫的孙悟空一样，颇有用武之地。这不，很快他就让张静莹吃了大苦头。

旅游这个行业，竞争激烈，但功夫不负有心人，张静莹也算做得风生水起，站稳脚跟后，渐有起色。那天她接到一个大单子，是一个北京的旅游团，一家国企，上百人，走闽西红色景区，这是一笔大单，谈了个意向，她得随时等候意见。晚上心情很好，洗澡的时候还哼了一会儿歌曲，洗完催促达达做作业。达达一会儿要喝水，一会儿要拉屎，各种磨蹭，到了十一点才做完。一夜无话。次日上班后，忙到中午，张静莹发现对方还没来信，便打了个电话过去，对方回答：昨晚打了七八个电话，都被你拒接，现在已经和方圆旅行社谈定了。张静莹觉得见了鬼了，一查自己的手机，确实有八个未接来电。看时间段，正是自己洗澡那会儿，她猛地想起，一定是又被达达偷去玩游戏了。达达玩游戏的时候，有来电都掐掉。这样的情况已经不止一次了。而且她还奇怪，手机早上怎么处于来电静音状态。

她心里那个气呀、悔呀，就跟被撕裂了一样。

达达被罚站在墙边，褪下裤子，张静莹拿着竹枝，打他屁股。这是传统的打法，既可以让屁股血肉淋漓，又可以不伤筋骨。张静莹打一下，达达的屁股瑟瑟发抖，对着墙壁哭着求饶："我以后不敢了。"

"你上次也是说，以后再也不敢偷妈妈手机了，结果又犯了，到底怎么回事？"

"我发誓，我是真的不想再偷了……可是见了手机我就忍不住手痒……"

"妈妈这次损失了一百万的单子，妈妈这么多年才等了这么大一个单子，你要了我亲命，懂吗？"

达达慢慢回过头，像老鼠看猫的脸色。

"一百万是多少你懂不懂？"张静莹咬牙切齿地问道。

达达抹了一下眼泪，道："爸爸说，钱财是身外之物，不要看得太重！"

张静莹一顿竹枝如狂风暴雨下去，达达疼得忍不住，四下逃窜。在一顿围追堵截之后，他跪在妈妈跟前，被迫承认道："钱不是身外之物，钱就是命。我以后再也不敢要妈妈的命了！"

张静莹脸色通红，胸前起伏，声嘶力竭道："再说一遍！"

暴力这种东西，一次管用，两次管用，三次就不管用了。孩子被打皮了，打惯了，暴力就变成了无能。更何况，孩子对暴力，自有反击的手段。家里的竹枝莫名其妙地失踪，衣架子莫名其妙地失踪，凡是当过刑具的物品，都莫名其妙地失踪了。

"达达,你把衣架子藏哪里去了?"

"我不知道呀。"

"除了你,还能有谁?"

"说话要讲证据的,妈妈。"

"是不是要我在家装摄像头?"

"如果摄像头失踪了你是不是又赖我?"

"我怎么会养了个小偷。"

"老师说,有什么样的父母就有什么样的孩子。"

这话有没有道理?当然有,而且是立竿见影。

那天是周五中午十二点半,达达还没有到家。张静莹做完饭菜,着急起来,打电话问班主任,班主任说,今天十一点就放学了,学生都正常回去了。按理说,达达在路上走二十分钟,最多十一点半就到家了。该死的是,达达的电话手表昨晚忘了充电,现在打不通,更看不到定位。

其实有好几次,张静莹被达达折磨得不行,都想打马成长的电话,但都忍住了。这次孩子丢了,她终于拨了他的手机。这是离婚后第一次联系。

马成长也慌了。不过男人的慌,是有理智的。他在脑子里搜索,曾经有一次,达达放学到家门口,家里没大人,马成长叫他在门口等几分钟。结果等马成长到家,马达达人也不见,手表电话也打不通。马成长慌张了许久,后来才晓得他去隔壁小区的女同学陈秋怡那里玩狗了。

"问下陈秋怡?"

"问过了,没在。她说她走出校门的时候看见达达了。"

几个经常玩的同学,都问过了,他们全都回家了。

马成长的手心出汗了。学校到家一站地的路程,是大街,中间过个红绿灯。马成长想到的是人贩子，把车停靠在路边，把孩子鼻子一捂、拖上车的场面。他脑门也出汗了，腿有点发软。他尽量不往坏处想，但是脑子这东西有点不听使唤，恐惧的气息从脑门、七窍、脊背等处渗透，身体如同处于荆棘丛中。

马成长以前也产生过类似的感觉，最早是在考场上时间到了题目还没做完，已经比较遥远；比较近的，是父亲那次病危的时候，几近昏迷，浑身无力，自己背着他往住院部跑，真的怕他死在自己背上。农村老人家，有病总是扛着，总要等到扛不住了，才上医院。一来是生活习惯使然，大病当小病，小病当没病；二来是不想连累子女。

马成长渐渐体会到，这种滋味叫作中年。为了对抗诸如此类的恐惧，他必须让自己变得沉稳、镇定，必须思考生命的本质，生活的本真。"每逢大事有静气"，孩子丢了，几个人能做到呢？

马成长哆嗦着腿走进派出所，要求调看监控录像。民警倒是没多问，熟练地问好时间和地点，让马成长自己查看。这年头老人和孩子走失的特别多，民警已经是驾轻就熟了。马成长在密密麻麻的人群中找到了马达达瘦小的影子，又是心疼又是紧张，这时张静莹的手机来了：达达终于回家了。

达达是跟一个同学到巷子里的茶餐厅写作业去了，写完作业才回家。

马成长一放松，浑身上下都软了，像做了个噩梦醒来，一阵虚脱。马成长想去看看达达，摸摸他，张静莹说不用了，没少一根毫毛。

马成长放下手机后，又拨了手机，几乎是咆哮道："你给孩子的手表充上电呀，不要老忘了。"

马成长手机上有达达的电话手表捆绑软件。上学的时候，他通过定位在校门口见到了达达，不免一顿教导。达达东张西望，悄声道："你以后别来学校找我，丢我人。"马成长不悦道："怎么就丢你人了？"

"像个流浪汉，又不会挣钱，总之就是丢人了。"达达一闪进了校门，头也不回。

马成长觉得达达的口气，越来越像张静莹。

马成长后来不去找儿子了。想的时候，就打开捆绑软件看儿子的定位。上课或者在家的时候，显示"手表在静止中"。放学的时候，显示"宝贝在走路中"或者"宝贝在跑步中"，马成长就会想象达达跑步的样子，有时候不由自主地笑起来。

失踪风波并没有结束，不久，班主任在微信里告诉张静莹，达达在同学间"贩卖作业"，请家长管教。说白了，就是把作业给同学抄，但是有偿的。

"达达，听说你会挣钱了。"在饭桌上，张静莹笑着问道。

达达不晓得是夸是骂，观察张静莹的脸色，试探道："怎么啦，不可以吗？"

"赚钱当然是好事。但是老师给我告状了，你这种交易呢，不太地道。"

"我给别人提供答案，就跟你给别人提供旅游服务一样，怎么你行我就不行？"

"抄作业是非法行为，就跟卖毒品一样，当然不行。"张静莹道，"如果你能用正当的手段赚钱，那我开心还来不及呢。"

"我才不管呢，能赚钱就是好男人，这可是你说的。"达达得意道，"陈帆帆他有钱，他考一次九十五分以上，他爷爷奶奶姑姑分别奖励他一百元，一下子就赚了三百元。他的钱花不完，我只赚了他一点点呢。"

张静莹其实有点得意，孩子有了金钱观，自己的苦口婆心总算有了成果。至少不会像马成长那样，不会挣钱，还视金钱如粪土，那种穷酸文人气，最是让她受不了。

"你赚了钱，花哪里去了？"张静莹问道。

"我当然有地方花了，哪有光赚钱不花钱的。"

达达一副大人的口气，张静莹觉得又可气又可笑，道："你可不能买零食，胃口这么差，再吃零食，个子都不长了。"

张静莹得意了没多久，班主任又投诉了，达达的语文成绩已经直降到最后一名了。张静莹的脸都绿了，她没指望达达是个优等生，可是这样一个嘴里说出的道理比谁都有道理的聪明孩子，变成最后一名，不可思议，不能接受。如果不是脑子有问题，就是生活出状况了。

"达达，你怎么落到倒数第一名？"张静莹要好好跟他讲一讲，手里必须有个东西，增加威严，可是能打屁股的，都让他藏起来了，她只好操起一双拖鞋。

"不是倒数第一名，还有一个比我差的。"达达争辩道。

"我不管你是倒数第一还是倒数第二，你考得这么差，安心吗？"

达达抿着嘴唇，眼睛滴溜溜地转，突然道："要不你就打我一顿，就打屁股，有肉的地方，别的地方不准打。"

张静莹吸了一口气，让自己冷静下来，轻声慢语道："老师说，你作业都做得挺好的，几乎没有错误，按理来说，考试也应该是高分，可是为什么考得一塌糊涂？"

达达继续眨着眼睛，继续在寻找理由，一会儿说考试的时候头晕，一会儿又说那天心情不好。达达的脑子在急速地找理由，应对张静莹的质问,乃至被问急了,发起小脾气。张静莹被绕晕了,不知道达达说的几分是真几分是假。

达达的作业,几乎都是在茶餐厅做的,他说那里有空调,还有同学可以咨询,张静莹就允许了。达达放学后张静莹打开定位软件,确实是在茶餐厅,便安心了。

如果不是那天心血来潮,大概这个疑问永远得不到真相。张静莹做完两道菜,放进保温箱,用毛巾擦干手,用手机查了一下定位,达达正在茶餐厅。她犹豫了一下,凭着直觉走了出去。她从茶餐厅的玻璃墙悄悄往里看,只不到二十秒,便决定报警。

警察的审讯调查结果出来,那个嫌疑人,叫李师江,只是一个收费做作业的无业游民。张静莹在气头上,不相信一个大男人只是为了赚取一点小钱,必然另有所图。

李师江戴一副黑框眼镜,文质彬彬,虽然在警察的审问下脸色有点苍白,但怎么看也像个知识分子,不像一个对小孩下手的骗子。张静莹瞄了他一眼,自我介绍道:"我是马达达的妈妈。"

李师江面有愧色,嘴里嘀咕着:"马达达?我大概赚了他八十块,我一定还你。"

"还有呢?"

"没有了,我发誓不会超过这个数字。"

"我是说,你还有其他什么目的?"

"真的没有,我赚口饭吃,还能有什么目的?"

"你一个大男人,看着也是个知识分子,就靠给小孩写作业,赚五块十块的,谁信?"

"哎呀,看来你是不把我弄进牢里誓不罢休。我破产了,房子卖了,工作丢了,身无分文,还欠一屁股债,无意中看到这个商机,就赚个饭钱,这还不行吗?"

"你这是祸害孩子。"

"我这是知识付费,名正言顺。祸害孩子,你怎么不说说马化腾?"

"就是刷刷盘子打打工,也要比这强。"

"打工是不可能的,我是文化人,从哪里跌倒就得从哪里爬起来。"

"哪里跌倒的?"

"股市呀!"

"我也炒股呀,你怎么那么惨?"

"亏你还是股民,杠杆不懂吗?爆仓不懂吗?破产是分分钟的事。你赚钱了?"

"真可怜,我只是被套牢而已。"

说到股市,张静莹终于相信了他,并有同病相怜之感,不免多了共同语言。李师江原来还是证券公司的,以为炒股有优势,孤注一掷,现在破产了,欠着一屁股债呢。

"你还想靠股市东山再起?那难呀!"

"股市还是有希望的,现在就缺启动资金。这样吧,我这门生意算是被你搞黄了,你再借我二十元吃个饭,等我爬起来了连本带利还你?"

同是天涯沦落人,张静莹打发了股市失意者后,想起达达近期的所作所为:他花钱请李师江做完作业,再有偿转让给同学抄,在收支上获得平衡乃至盈利,如果不是考试一塌糊涂,这马脚一时半会儿还露不出来。这一切,自己还蒙在鼓里。猛然一想这小子的瞒天过海,胆大妄为,功课一塌糊涂却毫不在意,张静莹心里一阵拔凉。

三　辞职

　　马成长有几次在小区门口目送母子俩进去。他戴着口罩，压低鸭舌帽，靠在一棵小叶榕下，像个小偷，也像个偷窥狂。张静莹比离婚前更显时尚利落，自信满满。达达还是像脚踩风火轮的哪吒。看到达达可爱的小动作，他瞬间觉得犹如一颗奶糖在心头融化了。

　　不过他现在再无机会享受这其乐融融的一幕了。

　　离婚时，他离开家，张静莹问道："你可别反悔呀？"她怕他吃了苦又回头要改主意。马成长咬着牙道："我如果回你这里一步，我就是狗！"他自己净身出户，每个月给达达两千元抚养费。女人这点物质的心思，他是最了解的。

　　他现在不是留恋过去的生活，离开张静莹，他就觉得天蓝了，草绿了，头上的乌云消散了，求之不得呢。他担心的是，张静莹根本治不住达达。

　　马成长性格安静，不爱交际，客观地说有点孤僻。安静并不代表木讷，有时候见着脾气对路的人，还能有点风趣，偶尔口若悬河。这从他偶尔在自己的笔记本上写几句诗可以看得出来，他觉得自己中文系的滋养不能全部被现实湮没。他在民政局工作，原来在社会事务科，还是比较闲的，喝茶看报嗑瓜子一样不差；后来领导把他弄到优抚安置科，有个老科长快退休了，想让马成长接替工作。但在一次文明办突击检查中，他正抽空翻看一篇网络小说，被逮个正着，通报批评。事情虽小，但是后果严重，第一，副科的提拔算是落空了；第二则是优抚安置科的领导位子，也是煮熟的鸭子飞了。

　　有一天，一位老科长退休了，科室大伙一块儿吃告别饭。半头白发、脸色酡红的老科长拍着马成长的肩膀，语重心长地道："成长,好好干,总有一天我这个位子就是你的了。"马成长吓出一身冷汗,仿佛一眼就看到了自己后半生的样子。

心灰意冷的时候,他却获得了一种神奇的能力,发觉自己会写小说了。数年来的公务员经历,实在是有源源不绝的素材,只开了一个头,后面就跟关不住的水龙头一样,每天脑子里都有干货供应。反正后来他也不怕突击检查了,每天上班时间就在电脑上写几百上千字,有事忙的时候,就加班写。同事都以为马成长要再努一把力,看看还有没有提干的可能。马成长写完了就在网络上连载,有读者的鼓励和赞赏,他觉得比干工作得到的成就感更多。工作干好了,领导未必赏识,干出一点漏洞,一顿批评在所难免。

其时,官场小说在出版市场如火如荼,读者数不胜数,一个出版商跟马成长联系上了。他认为马成长的《民政局局长》虽然只写了五六万字,但绝对有出版价值。很快,这个出版商就跟马成长签订了出版合同,还给了一万块钱预付,抵得上马成长两个多月的薪水呀。出版商在叮嘱马成长加快进度的同时,也列举了几个年入百万的官场小说家的盛况,意即马成长创作前程远大。

马成长兴奋起来,加班更加勤了,导致张静莹都有点怀疑这家伙是不是有外遇了。其时张静莹的旅行社创建不久,势头不错,意气风发,她希望马成长多负责点家务,把吃饭、刷碗和辅导孩子这一摊拾起来。简而言之,就是"男主内,女主外"。马成长道:"你是不是说反了?"张静莹道:"怎么不行啦?你把家里弄清楚,我来养家,不挺好的吗?"

马成长就是这时候决定辞职,去开辟崭新的人生的,他想让这个有点飞扬跋扈的女人看一看。他不给自己留后路,不去求人找个折中的方案,彻底离开兢兢业业、如履薄冰、谋求晋升的仕途生涯。

由于官场小说影响巨大,《民政局局长》完稿的时候,官场小说被严禁出版。马成长一头撞到南墙上,计划好的人生,变成了一条断头路。

遭受重创之后,马成长在家中地位愈加低下,但是脾气反倒变得越来越大,做不成畅销书作家,做个清高的臭脾气文人还是绰绰有余的。他越来越看不惯张静莹,认为她眼窝子浅,张嘴就是佩服能赚钱的男人,还会以记住几个名牌、晒几处旅游景点为好生活的标准。马成长更看不惯的是,达达的趣味也越来越像她了。最重要的是,现在连工资都没有的马成长,浑身上下没有一处能反驳这种价值观。

辞职后,马成长感觉像回到了大学毕业的时候,一开始,倒有意气风发之感。官场小说这条路被堵住后,他一片茫然,只剩张静莹说的越来越多的"穷酸气"。

离婚后第一次跟张静莹联系,是因为父亲快不行了,要看达达一眼。张静莹倒是没理由拒绝,只不过抱怨他没事的时候不管达达,现在有事了才用他,吧嗒吧嗒说了半天达达的现状。马成长觉得可笑,她之前说,"以后都不用你管",现在倒是抱怨起来了。关键是,张静莹最后总结:达达现在的破罐子破摔,全仰赖马成长的言传身教,喜欢过失败的人生。马成长虽觉得不可理喻,但没有争辩。

达达很久没见爸爸了,但是一点儿也不惊喜,反而皱了皱眉头,仿佛知道爸爸来找他,不会有什么好事。

"去看看爷爷。"马成长急切道。

"不去。"

"为什么?"

"不能你叫我去干什么就去干什么,我叫你给我买手机,你也不肯呀。"

马成长感觉到达达的变化，原来隐隐的逆反现在越来越强烈了。小时候叫他干什么就屁颠屁颠地答应，那种时光一去不返了。

"是这样的，爷爷病得很重，快不行了，想见你一面。爸爸刚才的态度是不太好，现在是征求你的意见，希望你能完成爷爷的愿望。"马成长低声下气地说道。

达达看见马成长一副温良恭俭让的样子，得意道："这还差不多。不过好像有一句话，说的是，一个人不会去干没有利益的事。"

"跟谁学的这么自私的话？"

"这种事不用跟谁学，我天生就会。"达达道。

"不愧是金牛座的。不过去看爷爷还给我讲条件，你有没有良心呀？"

"是你要我去的，又不是我自己想去。"

"好吧，现在事儿急，恭喜你敲诈勒索成功。你要什么？"

"如果我说要手机，你肯定不同意，是吧？所以呢，这个条件我还没想好。"

"那好，反正我会满足你一个要求，现在赶紧上车。"

马成长觉得对付孩子比对付社会上的流氓，只怕还要费心思，他不敢怠慢，先把眼前的事搞定再说。

马成长这两年流年不利，离婚、事业上阴差阳错颗粒无收，又逢常年病痛的父亲多器官功能衰竭，住院二十来天后，医院让抬回去处理后事，到家中，已是弥留之际，时而清醒，时而昏迷。达达到的时候，爷爷形容枯槁，眼窝深陷，貌似清醒着。马成长把达达的手放在爷爷的手里，达达并无哀愁，甚至有点害怕。马成长在老父亲身边道："爹，孙子来看你了！"爷爷浑浊的双眼茫然地睁着，不晓得神志是否清楚。

回去的时候，父子俩在车上，心情都有点低沉。马成长晓得自己好一阵子再见不到儿子，问道："达达，爸爸要告诉你一件事，你认真听一下。"大概从未见爸爸对自己这么郑重过，达达说："如果是好事你就说，坏事就算了。"

"爸爸曾经对妈妈说，'我怎么就不能有失败的人生'，这句话你听到过。实际上，那只是气话，我并不甘心于自己的失败，或者说，可以暂时失败，但是心里一定要有希望，一定要在努力，这才是那句话的真实意思。"

"那你现在在努力吗？"

"当然，在努力，爸爸正在做一件大事，如果成了，就可以给你买一个大礼物。"

"好呀，那你可得好好努力，到时候可别骗我。"

"妈妈说你现在在学习上有破罐子破摔的迹象，你别把这个锅背在爸爸身上。如果确实是受到爸爸那句话的影响，你可要记住了，成绩暂时不好没关系，但一定要努力。"

"哎，你真是哪壶不开提哪壶。说这个还不如讨论一下，我已经看了爷爷了，你该满足我什么。"

"道理跟你说清楚了，我就不啰唆了。好吧，你可以提条件了。"

达达提出买手机、MP4等电子产品，被马成长一一否决，养狗也被否决，理由是没有条件。最后达成协议：养仓鼠。

四　作业

一早，达达上学，张静莹在校门口与他道别后，便直奔医院。她去找内科医生吴天真——她的同学兼闺蜜。吴天真看张静莹一副要死要活的样子，问了又说不出什么病，只是说心脏难受，呼吸困难，做了心电图和肺部CT，没问题，只不过听诊时感觉吸音微弱。吴天真道："别自己吓自己了，是不是最近工作太拼命了，回去调整一下。"

"不会呀，工作越多我越开心，会不会哪里的问题你没看出来？我自己得知道为什么会这样呀。你不知道，难受的那一刻，简直觉得自己就要挂了。"

"功能性毛病，跟你说没事，比如最近是不是有什么压力？情绪暴躁生气呀，都会导致心脏不舒服。"

"压力倒是没有，生气呀倒是天天都有。"

"都离婚了，你还跟马成长置什么气呀？"

"不是他，是达达，每天辅导他作业都急个半死，一会儿拉屎，一会儿说仓鼠没有喂水，做不来就借手机给同学打电话，拿着就转而玩游戏，折腾到半夜，我气得都睡不着觉。"

"那难怪，我们这儿还有个被孩子气得住院的呢，你悠着点，达达那脑瓜子，把你整疯可是绰绰有余的。对了，一个人带孩子是累，既然离了，我看你还是再找一个吧。"

"倒是想呀，哪有合适的。"

"眼光别那么高嘛，还是有的！"

"没多高呀，别跟马成长一样窝囊就行。"

张静莹回来后，只好在电话里把马成长臭骂了一通："你是太闲了还是怎么的，给孩子买仓鼠，鼠粮一包都要十九块九，一年得吃好几百呢。这都不算，木屑搞得满阳台都是，费我多少工夫做卫生。达达一会儿给它们喂水，一会儿又要看看冷不冷，一整天都是借口。还有呢，上周他还被仓鼠咬了一口，又带去打狂犬疫苗，你说你三四十的人了，人走了还给我添乱……"

马成长把手机放在桌子上，一言不发，一会儿听筒里传来张静莹的声音："嘿，你有在听吗？你是不是哑巴了？"

"听着呢，你继续。"

"我每天多忙你知道吗？你拍拍屁股走人，孩子作业也不管，每天都折腾到半夜。老师又一直在催，要督促孩子，要成绩，你跟没事人一样。喂，你是死了还是活的，在听吗？"

张静莹一顿发泄后，心里清爽许多，心跳也正常了。吴天真说，女人不能生气，女人一生气，气血不通，乳腺、子宫就容易堵住，长瘤，必须找个出口发泄。张静莹鸡啄米一样点头："好好好，听你的，已经气掉半条命了，好好珍惜半条命。"

"听着呢，现在你已经进入主题了，有话直说，别跟仓鼠什么的过不去，孩子总得养点什么。"

"既然你说到这一步了，我就不客气了，老实告诉你，孩子的作业，你得管！"

陪达达做作业，是张静莹压力最大的工作。达达的屁股在椅子上沾不住，这是其一；其二，有些难题，张静莹根本对付不了。有个软件，叫"作业帮"，一扫描，答案倒是出来了，可孩子也不用思考了，直接抄。老师也不提倡用，说会形成坏习惯。

有一次，张静莹在卫生间，用手机问一个同学一道题，一开门，达达居然在门口偷听。两人都吓了一跳。达达得意地笑着跑开，道："原来你也不会做，以后别教我了。"张静莹争辩道："有些东西妈妈忘了是正常的，你别借题发挥。"张静莹就是为了在达达面前保持权威，才偷偷问同学的，现在被他识破，难免被他大做文章。

"妈妈，你说你以前做的作业现在都忘了，也派不上什么用途，干吗还要做呢？"

"为什么不能把做作业搞成玩游戏呢？一样可以锻炼智力呀。"

诸如此类的问题，各种反驳，简直把张静莹逼疯了。

张静莹把达达送到马成长那里。达达到了住处，叫道："这么破的房子，我不进去。"马成长一把把他拉进来道："小时候爸爸的卧室和鸭棚连在一块，也没嫌臭，你就别矫情了。来，爸爸把你满脑子里的浅薄都要洗一遍了。"

马成长租住的是南门的老房子，在巷子里，一个房间，厕所还在房间外边。楼下有理发馆、糕饼店、快餐店，烟火气十足。张静莹也凑进来，看了看，道："也不租个好一点的，不给孩子带个好头。"马成长没好气地道："简陋点有什么呀，你还是管管自己，别老给孩子脑子里灌屎。"

达达被爸爸一顿数落，倒不矫情了，东张西望一阵后，也许是陈旧的气息让他想起乡下的老宅，突然道："爸爸，爷爷那么瘦，太可怜了，我们下次再去看他。"

上次爷爷只剩下皮包骨，给达达留下了深刻印象。握手的时候他还有点害怕，到现在倒成了一个挂念。

"爷爷已经走了。"马成长冷静地道。

张静莹和达达都呆住了，这么大的事，居然不声不响就过去了。张静莹道："也不叫我们去送行。"

"离了就算了。达达本来应该去的，但我想想算了，别让孩子受累，我爹生前没享福，死后搞那么多事也没用，把仪式做到最简单，最多我落个不孝的名声。"

马成长冷静得好像在说别人的事。张静莹抹着眼泪道："你可真无情。"

张静莹和马成长约好，达达放学后就到马成长这里做功课，做完再回去睡觉。

张静莹一出门，马成长就一把抱住达达，像久别重逢的恋人，还亲个不停。达达可不愿意，挣扎着叫道："爸爸，你身上味儿很重。"马成长不好意思地道："好好好，我去洗个澡，再跟你亲热。"

久别重逢，马成长在辅导孩子作业的时候，不由得流了眼泪。达达看见爸爸吸着鼻子，问道："你怎么哭鼻子了？"马成长道："爸爸突然想起爷爷，忍不住伤心了。前阵子办丧事，没工夫伤心，这阵子闲下来，倒是有了。起先你可怜爷爷骨瘦如柴，想去看爷爷，让爸爸感动了。"达达天真地问道："死后会有鬼吗？"马成长道："这个，有的人相信，有的人不信，我倒是希望有哩，有了的话爷爷就知道你在关心他，他一定很开心。"

"你伤心什么？"

"以前我总是想，等我事业有起色的时候，多点时间陪陪他。现在才知道，老人是经不起等的，我后悔没有多陪他。达达你不想爷爷吗？"

达达不喜欢乡村，觉得一切都是破烂的，他只喜欢成天待在万达商场玩。

那一晚父子俩聊了很多话。马成长也发觉，达达已经长大到可以谈心，可以陪伴自己了，这是他意想不到的。

达达就像个乒乓球，放学后被妈妈打过来，做完作业后又被爸爸打回去。在法律上这个球的球权属于妈妈。

有一天达达想起一件事，道："我已经想好了要买的大礼物是什么，就是一套海贼王的手办，要正版的，然后你在我床边买个大一点的橱柜，手办全部摆在那儿，我一睁眼就可以看见它们。你那件事成功了吗？"

达达是《海贼王》的粉丝，看了几百集了，孜孜不倦。

"你的构思相当不错,这个愿望一定会实现的。不过遗憾的是,爸爸的那个事没有成功,一毛钱也没挣着。"

马成长在网上认识了一个云南的制片人,制片人想做一部主旋律电影,让马成长写剧本。马成长没写过剧本,但是既然能写小说,剧本估计也能写,这样的机会不能丢,于是跟制片人签订了一个十六万元的剧本合同。开始写创意,写大纲,写梗概,一步步往前推进。可是谈到每个步骤的付款,制片人总是以各种理由拖延,比如再修改修改看,比如财务出差了,比如领导还想看进一步。马成长没有碰见过这么难缠的家伙,脑子都被弄乱了。后来搞清楚了,制片人只是想让他把电影轮廓搞出来,好去省里申报,获得项目资金,根本就不想给马成长半分钱。一顿厮缠之后,合作中断,马成长一毛钱没见到,只落了个心力交瘁。

马成长跟达达分享了自己的悲惨遭遇。

"爸爸,那应该怎么办?"

"你说呢,儿子?"

"要不要找警察?"

"算了吧,儿子,这事警察也管不了。要怪呢,就怪爸爸没经验,预付款没有拿,就给人家干活,人家见你傻,就继续要呗。这事就算过去,爸爸把它当成必须交的作业。作业是允许做错的,虽然做错了,但下次也有经验了。"

"如果下次还是做错了呢?"

"我还是把它当成作业,直到有一次成功了,我就当成是考试。"

"你考试成功了我就有海贼王手办了。"

"那可不是。"

"爸爸,你还要做几次作业呀?"

"那得看爸爸的悟性了。不过一个人一辈子,作业会不断地做下去,考完试还要做作业,迎接下一次考试,跟你们一样。你老是问我,为什么要做作业,做作业就是为了让自己不犯错误,能够抓住真正的机会,能够拥有海贼王手办!"

有一次,张静莹带达达吃完饭,把他送到马成长家门口。马成长不由自主地看了一眼张静莹,感觉到刺眼。关上门后,马成长问道:"达达,你妈谈恋爱了吧?"

"什么叫谈恋爱?"

"就是跟一个男人好了,交朋友了?"

"你怎么知道?"

"她平时不涂口红,恋爱的时候才用得上。"

"对呀,我也觉得今天妈妈不一样。居然背着我跟男人好上了,看我不得敲诈她。"

五 恋爱

张静莹被马成长说中了。

张静莹原来相过几个男人,包括吴天真给他介绍过一个医生,都没有缘分。缘分这东西,就是有心栽花花不成,无心插柳柳成荫。

陈一柯特别有艺术气息,长发男,喜欢穿白衬衫,特别干净。只有在公司里的时候,像个老总;在外面,就是个艺术家,拿着一个单反,拍的照片颇有神韵。他是本地颇有名气的七色广告公司老总。当他带着员工参加张静莹的旅游团时,张静莹第一眼就觉得有眼缘。大约半个月后,在省城东街口百货,陈一柯眼睛眨都不眨,刷了一万二的卡,一件巴宝莉的裙子就落在了张静莹身上。

张静莹沦陷了，而且特别疯狂，事后想起来特别难为情。不仅难为情，简直不敢相信那是自己，自己不是那样的人呀。为此她惭愧、自责和错愕了很长时间。这也证明了，遇到陈一柯，她脱胎换骨了。

陈一柯也离过婚，不带孩子，两人可是绝对的般配。更要命的是，陈一柯善解人意出手阔绰，把钱当毛。张静莹可以躺在他怀里诉说往事。张静莹说，自己在学生时代，买了一件假名牌去参加舞会，被同宿舍同学戳穿，那是她最大的羞耻。后来她想，自己一定要奋斗，一定要争一口气，把名牌结结实实地穿身上。当陈一柯为她挥金如土的时候，她就知道，他是自己梦寐以求的那个人，而昔日的耻辱，在此刻似乎得到回应，得到宣泄。这就是那天晚上她为什么会含泪与其共度春宵。

在马成长身上，绝没有这么浪漫与走心的时刻。马成长跟她，是通过同事介绍的，两人互相看着不讨厌，职业上也还般配，就草草结婚了。虽然有过甜蜜的时光，但张静莹觉得，自己实际上没有真正恋爱过，直接进入了平凡的、日复一日的生活。

张静莹像一棵树，被春风一吹，树冠的嫩芽全出来了，焕然一新得连自己都惊奇："这是我吗？"

"妈妈，你是不是谈恋爱了？"

"你这孩子，说什么胡话……你怎么知道？"

张静莹想总是要告诉孩子的，既然孩子挑明了，那就直接说开了。

"爸爸说的，爸爸果然是个天才。"

"挑拨离间，还天才呢。达达，妈妈正式告诉你，妈妈要给你找个新的爸爸。"

"有多新？"

"浑身上下都是新的，还会画画，对人又温柔，你会喜欢的。"

"我坚决不同意，我们家的房间都是我的，我要买很多手办来住，我不希望还有一个爸爸来住。"

"傻瓜，他不会住我们家的，新爸爸的房子比我们的还大，两层，到时候你要多大的房间都可以。"

"不行，你老是偷偷摸摸地跟人去玩，这不是让我操心嘛！"他学着妈妈平时教训他的口气，像个小大人般振振有词地道，"你就只能当我的妈妈，不能再当别人的妈妈，不能再花时间跟别人玩，时间就是金钱，你这是在浪费钱！"

张静莹哭笑不得。过不了达达这一关，这个恋爱多半要黄呀。

"指定是你爸爸教唆的。"张静莹气得大发雷霆。

张静莹给马成长下了通牒："儿子的思想工作，必须你来做通。这个恋爱谈也得谈，不谈也得谈，老娘的春天刚刚到来呢。"

马成长叫屈不已："这事跟我有什么关系？你出嫁还得我给你打伞吗？我只不过跟达达闲扯一句，你就赖上我了，真是黄泥巴沾裤子，不是屎也是屎。"

没离婚的时候，马成长就背过很多锅。背着背着就习惯了。因为跟一个价值观不一致但口才很棒的女性辩论，并且还要压倒对方，花费的力气要比背锅的力气更大。离婚后，张静莹还让马成长背锅，为什么，她总觉得马成长是带着一肚子怨气离婚的。

达达上课玩手表，被老师没收了。达达回来的时候，垂头丧气，像被骗了的猫，连做作业都没心思。

"爸爸，你帮我去老师那里要回来。"达达央求道。

"我倒是想帮你去拿，可是跟老师怎么说呢？毕竟是你犯错在先。"

"你就说手表很重要，万一我失踪了，老师要负责任的。"达达眨着眼睛，满脑子的点子一闪一闪的。

"你这是要挟老师,那可不行。"

"那你帮我想想。"

"解铃还需系铃人,老师为什么没收手表,还得从根子上解决。"

"那你就跟老师说,以后我不会在课堂上看手表了。"

"这个理由倒是不错,不过我跟老师保证可不管用。不如这样,你写一份检讨书,明儿交给老师,兴许他就还你了。"

"那岂不是又给自己增加一篇作文吗?真是自讨苦吃。"

达达喜欢看书,但不喜欢写作文,觉得是苦差事,作文能写短就写短。

"反正这是目前我觉得最靠谱的方法,你看着办。"

马成长已经感觉到,你如果强加给孩子建议,他第一反应很有可能是反对。给他自己选择,倒是一个好办法。

"检讨书怎么写呀,要写多少字?"

"检讨书是有格式的,字数不限,你有诚意就跟老师多写几句。"

父子俩开始字斟句酌地研习起检讨书。不一会儿,完毕,达达心满意足,自夸道:"我连检讨书都会写了,真是个天才。"

之前有一次写作文,写秋天的景色,达达向马成长请教。马成长道:"那天我们去大泽溪,秋天了,水量很少,溪底的石头都露出来了,你可以写,整条溪流都瘦了,瘦了的溪流是什么样子?"达达摇摇头道:"秋天不能这么写,这么写肯定过不了关,秋天应该是黄澄澄的麦子熟了。"马成长苦笑道:"我们这儿不种麦子,你写麦子,老师就知道你瞎写。"达达道:"所以你帮我找个东西代替麦子呀。"父子俩争执半天,达达断定,马成长教不了他的作文,此后就不让他教作文了。马成长为了让儿子抛弃概念化的思维，建议儿子写日记。达达说："老师又没布置日记，我才不给自己添麻烦呢。"

"其实写东西没那么麻烦，你是给自己增加压力，我建议你现在开始写日记。"

"有奖励吗？"

"唉，可以的，明天周末，带你去游乐场。"

"你可说好了，别反悔。"

达达在硬皮日记本上写下第一篇日记：今天写了一份检讨书，真高兴。

就一句话，然后哈哈大笑，道："我就写一句，也算是一篇。"

"当然算，有话多写，无话少写，都算是你的成果。"

次日，马成长接达达去游乐场。达达想找一个同学一块儿去，打了几个电话，他们都有培训课，一个伙伴也找不着。达达自言自语道："没朋友，以后只能在朋友圈里约了。"他的电话手表里有朋友圈，有时候跟同学聊得不亦乐乎。

在玩过碰碰车、丛林探险之后，达达要玩幽灵屋。马成长提醒他这玩意儿挺恐怖的，考验心脏承受力，达达非要玩不可，说自己不怕，还不让马成长一块儿去。当达达从出口跑出来的时候，扑到马成长怀里，笑道："爸爸，太刺激了，我想再玩一次。"

"哪有一个项目玩两次的？"马成长嘟哝着。

达达挑战成功后，满脸兴奋，道："爸爸，我也以为我会不敢玩，现在我发觉自己好厉害，再来一次嘛！"

达达的骄傲与成长的喜悦，感染到马成长，那是自己在童年从未感受过的，马成长犹豫一下，叫道："好呀，再来一次，好好体会恐怖的感觉。"

达达再次从出口出来的时候，叫道："爸爸，以后我可能不会怕黑了。"

"真棒，爸爸到十六岁以后才不怕黑，你比爸爸强多了。"

心满意足之后，达达提出要吃比萨。马成长决定在这个周末满足孩子的所有要求，离婚之后，这是他第一次和达达相处一天。

点了一份儿童套餐，达达迫不及待地吃起来。达达最喜欢吃的就是比萨，但是在南方吃比萨比较容易上火。

"爸爸，富二代是不是天天吃比萨？"达达边咀嚼边问道。

"那可不一定，世界上好吃的东西多了，你喜欢的，别人未必喜欢。"

"那你最喜欢吃什么？"

"我最喜欢吃……奶奶做的扁肉。"

"那很便宜的。为什么呀？"

"因为扁肉里有童年的记忆，小时候过生日都吃这个。我那时候也是想，等我赚钱了，就天天吃扁肉。可是能吃得起的时候，扁肉已经不是那个味道了。"

"你的意思是，等我能赚钱的时候，比萨已经不是那个味道了？"

"比萨可能还是那个味道，可你的感觉不一样了。"

"听起来很深奥的样子。咱们还是说人话吧。"

"嗯，我要跟你谈一个严肃的问题了。你反对你妈谈恋爱？"

"是呀，太不务正业了。"

"为什么呢？"

"不为什么，就是不喜欢。"

"那总有个原因吧，你想想。"

"恋爱中的女人太不靠谱了。我在马桶上告诉她没纸了，给我拿抽纸，你猜她怎么着，一边用手机谈恋爱，一边拿个香蕉给我。

总之，就不把我放心上了。"

"实际上，你妈妈是有这个权利的。"

"你也站在她那一边？连你也站在她那一边？她可是你的老婆呀。"

"我不站谁那一边，我只是告诉你一个道理，离了婚，她就有恋爱的自由。"

"你真的这么想？"

"道理上是这么讲的。情感上来说，我像在吃一只苍蝇似的。"

"这就对了嘛，我也跟吃了苍蝇似的。"

"不管吃什么，这件事，爸爸是持肯定、支持、欢迎的态度，你必须跟妈妈说明这一点。至于你的态度嘛，跟爸爸一毛钱关系都没有，你可以跟妈妈去沟通。"

"你们大人真是虚伪。"

"不能说虚伪，应该是言不由衷。"

达达把一小份比萨全吃了进去，马成长逼着他大口喝柠檬水。达达喜欢吃烧烤食物，容易上火却不爱喝水，每次逼他喝水都跟撵驴拉磨一样。

"爸爸你不饿吗？"

"我早就饿了，你陪我去吃碗拉面。"

"行嘞，你吃面的时候我玩会儿手机，这个应该可以商量吧。"

达达狡黠地眨了眨眼睛，无时无刻不在找机会玩手机。

六　暴力

张静莹带着达达参观七色广告公司。说是参观，其实是张静莹想让陈一柯和达达见一面，认识认识。地点呢，她觉得公司是个好地方，公司洋气、敞亮，衬托出霸道总裁范儿，能给达达留下好印象。

陈一柯相当喜欢达达，带着达达参观了办公室里他的摄影作品——在世界各地留下的绝美印象，并承诺将来带着张静莹与达达一起去世界各地游玩。在陈一柯眼里，达达到底是不是一个拖油瓶，这是张静莹十分担心的问题。现在看来，这个担心是多余的。张静莹十分兴奋，向陈一柯介绍达达的优点，两岁会说话三岁能画画，现在画的画还在校园比赛中获了奖。陈一柯是个画家，必然对会画画的孩子更情有独钟。

三个人去吃饭，陈一柯征求孩子意见。达达的第一选择是必胜客。张静莹怕陈一柯吃不习惯，征求陈一柯的意见。陈一柯道："我呢，最随性，孩子喜欢，我就也能吃呀。"张静莹心中涌起一股暖流，大概结婚这么多年，从未有过这样的温情与感动吧。她想，也许是自己的桃花运比较迟吧，不过来得正是时候，自己已有阅历来感受这种寻常的温暖，放在年轻时则未必能察觉。

达达点了一份儿童套餐，张静莹和陈一柯也各点一份，达达奇道："你们大人也点呀？"张静莹说："我们也得吃呀。"达达道："爸爸总是不点，他说大人不爱吃这个。"张静莹一抿嘴，跟陈一柯会心一笑。张静莹道："你爱吃，我跟陈叔叔就也爱吃。"

回家的路上，张静莹觉得有点筋疲力尽，也许太兴奋了，导致精力分散，甚至有一丝困意。她开车经过南环路，在万达十字路口，突然间霓虹灯亮了起来，各种招牌争奇斗艳，世界一下子由黑白进入彩色。她的困意在瞬间跑了。

"达达，你喜欢陈叔叔吗？"

"喜欢。"

"喜欢他什么？"

"我说不清楚，反正不讨厌。"

"以后我们生活在一块儿，喜欢吗？"

"不喜欢。"

"啊，为什么？"

"他在的时候，你都在跟他说话，根本就没理我。"

"哦，那对不起，妈妈跟你道歉，以后妈妈不会这样了。"

"谁知道呢？恋爱的女人真没脑子。"

"哎哟，你都懂得笑妈妈了！"

"不过恋爱的男人也够糊涂的。刘俊超跟我同桌的陆晓晓谈恋爱，叫我传纸条，我先看了，你猜怎么写，'你只要跟我一个人好，我就把全部零花钱都给你'。刘俊超平时对我们可抠门了，巧克力掰一半给我吃都要算账，你说他是不是疯了。可是你知道吗，陆晓晓是不会只跟他一个人好的，谁的礼物她都收，还叫我别告诉别人。"

"天哪，你们都干的什么好事呀，你们可是小学生呀。"

"小学生怎么啦，你们大人能干的事，我们小学生就干不出来？"

"你不会也恋爱了吧？"

"我压岁钱都在你手上，我怎么谈？"

临近暑期，天气猛地热起来。几个小朋友很有主意，说在期末考试之前去沙滩露营。于是，周末，四户家长不得不陪着孩子前往大京沙滩。三家都是一家三口，只有达达是跟着妈妈。孩子们见了水都特别开心，一头扑进海浪中。现在达达越来越叛逆了，一言不合就跟张静莹赌气，很难制服，现在看到达达这么开心，张静莹也松了一口气。她和斯文妈妈在水中聊天，聊天聊得特别投入的时候，突然间察觉异样，看见不远处的达达抬起手来，似乎在求救。他抱着救生圈，被海浪带到比身高更深的地方，现在救生圈出现问题了。张静莹不会游泳，只走了几步便不能往前了，急得哭喊起来，而转眼之间达达在海浪间浮沉，稍不注意就看不见了。离张静莹最近的，是一个在浅水里抄网捞鱼的中年男子，张静莹向他求救，他说："我也不会游泳呀。"张静莹道："求求你，你就过去看看行不行？"中年男子抱歉地摇头。张静莹这一刻都绝望了。

后来是斯文爸爸把几乎要放弃挣扎的达达捞了上来。孩子喝了许多水，都吓蔫了，一直到晚上吃饭，大家哄着他开心，神志才算转了过来。大伙建议，达达应该给斯文爸爸敬酒，以表感谢。达达斟了一杯饮料，叫道："谢谢爸爸。"斯文道："那是我爸爸不是你爸爸。"众人哄然大笑，欢乐的气氛引导达达驱散恐惧。但几日之后，他还是会在梦中尖叫惊醒。

据说，每个孩子在成长中，都会经历一次惊恐事件。而这惊恐，将改变孩子的性格。这句话似乎有点道理。达达后来有时候会显得沉默，若有所思，这是之前从未有过的。

期末考试前夕，马成长加强了对达达的作业训练。作业越多，达达就抵抗得越厉害，做了一会儿，就说爸爸我们聊聊天吧，爸爸我刚才听到厨房里有声音，是不是老鼠呀，爸爸窗外是不是萤火虫呀，诸如此类。马成长不得不与之周旋。达达见这些小儿科的话题激不起爸爸的兴趣，便跟多嘴婆一样唠叨起妈妈的事。

"妈妈又在微信上晒名牌了。"

"你怎么知道？"

"我偷看了她微信，而且呢，那个名牌衣服，是陈叔叔送的。"

"你怎么知道？"

"我听她打电话知道的。"

"你别老偷听别人的事呀。"

"没有故意偷听，她的声音自己跑到我耳朵里的。"

"以后这种事情不要告诉爸爸了，爸爸可不想管这种闲事。"

"那，爸爸你什么时候可以成功？"

"这个，不清楚呀，你关心这个干什么？"

"你成功了，妈妈就会重新喜欢你了。"

"那她喜欢的是成功，不是爸爸，爸爸也不需要这样的喜欢。你还是接着做作业吧。"

"我再问最后一个问题，你什么时候可以给我买海贼王的手办？"

"这个，说句实话吧，爸爸连连遭遇挫折，挺迷茫的，海贼王这事，也没底。"

"什么挫折，说来给我听听？"

"你是真的想听，还是就想逃避作业？"

"你别这么小看我，我会给你指点迷津的。"

"好呀，你至少懂得关心爸爸了。爸爸呢，辞职后第一件事是想当畅销书作家，写了一本官场小说，还拿了定金，但是写完的时候，这种书不让出版了，等于白写；第二次是想当编剧，不料这个行业水更深，被人当猴子耍了一回，这个你也知道了。现在呢，我也不知道该干什么，好似什么都能干又什么都是半桶水，达达同学你有什么高见？"

"嗯，这个问题嘛……失败是成功之母，所以，你现在有了失败，所以她的孩子成功呢，也应该不远了。对了，你那个官场小说，为什么不能出版？"达达装出平时爸爸教训他的样子，一副小人教育大人的模样。

"因为小说里写了很多当下的社会现实,负面的东西,不是正能量的东西,所以不让出了。"

"我同学说,有一种小说是穿越小说,就是穿越到古代去,很受欢迎。你把现在的内容,改成穿越到古代,就没问题啦。"

"这个,很难吧……不过也是个很好的思路,待我好好考虑一下。"马成长若有所思,"不过你现在真该写作业了,要是再那么迟,你妈妈又该唠叨了,还怪我呢。"

"爸爸你说我的主意好不好?"

"好呀,当然好了,我的儿子是个天才,我会仔细考虑你的建议。我求求你快写作业。"

"我口渴了,你去给我弄杯柠檬水。"

"行,但是你必须开始写了。"

几乎每个晚上,父子俩都是在这样讨价还价中完成作业的。完成作业后,两个人都会感到无比轻松,马成长再把儿子送回张静莹的住处。以往马成长是骑摩托车送他回去,后来马成长不这样了,走路送回去。

"为什么不骑摩托车了?"达达问道。

"走走路有益健康。"

这条路,走个二十分钟,马成长跟达达会聊很多话题。晚上,街上还是比较热闹,但没有了白天那么多的轰鸣声,达达背着书包,过马路的时候,就会被马成长牵到手上。父子俩边走边聊,融进了一种市井的平和生活,成为街道夜色的一部分。马成长似乎很享受这一段时间,并不着急,甚至浮想联翩。他给达达讲起一段往事。

马成长大概在九岁的时候,跟着父亲一块儿进城。那时候他觉得城市里热闹极了，有车辆，有广告牌，电影院外有大声歌唱的音箱，一切让他目不暇接。他一步三回头，盯着五光十色的东西，然后跟父亲走散了。他慌乱起来，来来回回找父亲，没有找到，后来反而平静了，在商场门口坐了下来，心中竟然有一个奇妙的想法：希望有一户人家把自己捡走，让自己以后就可以住在城里，每天都能看到五花八门的东西了。

"后来你被人捡走了吗？"达达很好奇。

"当然没有，那只是我的一个想法，或者说，一个梦。"

"如果真的被捡走了呢？"

"那梦想就实现了。"

"你更喜欢住在别人家里？"

"是呀，每个人都想过不一样的生活。"

"你就不要爷爷奶奶了？"

"最终应该会回去的，梦总是会醒的，自己的家是哪儿也替代不了的。"

父子俩走到楼下，张静莹出门还没回来。达达叹气道："她肯定是忙着谈恋爱了。"马成长道："达达，以后别管大人的事。"

"允许你们管我，不允许我管你们，真是不公平！"

十几分钟后，张静莹出现在楼下，这可能是她最狼狈的一次。她眼圈通红，左脸颊肿起来一大块，看上去更加娇艳。梨花带雨，神情悲戚，想藏也藏不住。马成长和达达一眼就看出来了。

"怎么啦？"马成长问道。

"没什么。"张静莹带着哽咽掩饰道。

"妈妈，谁打你了？"达达伸手去摸她的脸颊。张静莹再也忍不住了，蹲下抱着达达掩面痛哭。

马成长木了片刻，道："虽然离婚了，但谁要欺负你们娘儿俩，我还是可以出面的,你这是怎么啦?"

"他居然打我,他说过会一辈子爱我的,他居然会动手,我真是看错人了。我爸妈都没动过我一根寒毛……"张静莹的情感喷薄而出,涕泪横流,像个受了莫大委屈的小女孩。如果不是跟马成长有芥蒂,这时候必定扑在马成长怀里哭成狗了。

"要是需要我解决,把他电话给我,我去找他算账。"马成长道。

"妈妈,让爸爸去教训教训他。"达达稚嫩的声音充满了激情,似乎面临一场重大的战争。

张静莹情绪发泄出来,稍稍平复,自己抹了一把眼泪,站起来道:"你回去吧,这事你不用管。"

"妈妈,让爸爸去报仇呀。"

"小孩子别管了,我们赶紧回去,洗洗睡。"张静莹拉着达达上楼。

马成长无趣地出门,自作多情使他颇有些尴尬。不过想想也好笑,张静莹只有在无助哭泣的时候,才像个女人。也就是说,只有在揍她的男人面前,她才有女人的样子。这一顿胖揍,她应该晓得人的好坏了。他不晓得是该悲伤还是该庆幸,在夜色中溜达许久,从忘川路走到城南路,把思绪拉回到自己身上。自己现在孑然一身,前路茫茫,是该捋一捋了。

七　回炉

八月,他的出版商来省城出差。马成长出于礼貌,也出于彷徨,去见了一面。这一次面谈,改变了马成长的人生之路。这件事也让马成长觉得,很多事情躲在房间里是解决不了的,必须走出来,必须请教行家。马成长觉得,最重要的是应该感谢儿子,他让自己开窍了。

现在马成长感觉到达达身上有一股力量,那股力量好像早上八九点的太阳,红通通的,喷薄而出,不毒辣却充满暖意,充满新鲜,充满对世界的好奇,孕育着原始的智慧。

马成长小时候的启蒙读物是小人书,大概是《三国演义》《隋唐演义》《封神演义》,诸如此类。长大以后,每每精神惶惑之际,他还喜欢重读《三国演义》,躲进那个英雄的世界,以逃避现实。小说的神奇之处,就在于它创造了一个虚幻但是可信的世界。

你所经历的,必定也是滋养你的。

"达达,从今天开始,你做作业,爸爸也做作业,你把不会的题目攒一块儿,爸爸统一来辅导。"

"爸爸你怎么也有作业?"

"有呀,每个人都有作业。"

"你的作业有人检查吗?"

"当然,出版人看不上,我的作业就通不过。预备,开始做,别说话了。"

马成长特意买了一张小电脑桌给达达做作业。父子俩就像同学一样,并排坐着,个子大的像是到学校里回炉的。

马成长跟出版商相见,说了儿子的建议,两人顺着这个思路一合计,不如写历史小说。历史小说也是个畅销门类,这个马成长比较有底子,成功的可能性还是比较高的。马成长在权衡了几个历史人物之后,决定写朱元璋。从乞丐到皇帝,比较适合马成长现在的心境。对于小说,出版人只有两个要求:好看,通俗易懂。

"爸爸,你写了几个字了?"达达忍不住好奇,转头问。

"几百字呀。"

"你要完成多少字呀？"

"怎么着也得两三千吧。"

"哇，那相当于我的好几篇作文。"

"嗯，一起努力。"

跟儿子一起做作业，马成长觉得自己真的回炉了，回到童年。父亲没有文化，从来没有陪他做作业的这种温馨时刻。不过马成长记得自己上二年级的时候，从学校里带了一截粉笔回去，在门板上给父亲示范二位数的加减法，父亲点着头说，确实不好算，上学越来越难了。那是他唯一一次与父亲交流学习，现在想起来温馨得很。这种温馨，现在在儿子身上得到延续。虽然自己由儿子换成了父亲，但是那种感觉仍然在，似乎在向遥远的岁月挑战。

"爸爸，我要去洗手间。"达达叫道。

"去吧，记得快点回来，别掉马桶里了。"

达达这一去，二十分钟还不出来。马成长忍不住敲卫生间的门。达达叫道："还没完呢，拉屎都不让拉个痛快，还有没有人权。"

"你别撒谎了，没有屎拉这么长的。"

"你又不是屎，怎么知道没那么长。你越叫我越拉不出来的，让我安静点拉完。"

他不开门，马成长一点办法都没有。马成长跑到阳台上，举着手机伸出手臂，勉强够着卫生间窗户，拍了一张照片。打开照片一看，达达正坐在马桶盖上，看课外书呢。

"达达，你给我开门，我都有你的证据了。"

达达哈哈大笑，跑出来要看证据。看了照片之后，达达对马成长大感佩服，道："爸爸，你可以当侦探呀。"他要马成长进卫生间，自己在阳台外给他拍一张，这才作罢，回到课桌前。

"达达，你这说谎的习惯，要改。"

"爸爸，我们再去偷拍点什么吧！"

"我说你撒谎呢，听见没？"

"好，以后不撒谎了。我在跟你说偷拍呢！"

"偷拍什么呀？"

"我们买一个自拍杆，伸到隔壁的窗户去偷拍，看看他们在干什么。"

"你真是有犯罪的天赋，不过警察可不答应。"

这么折腾一出，又耽误了不少课业时间。马成长原来着急呀，但是后来，也渐渐习惯，小孩子根本没有老老实实的时候，那就陪他不老实吧。

张静莹的恋情在持续发烧。达达感到惊奇。达达现在喜欢窥探妈妈的秘密，他像一只猎狗，动用视觉、听觉、嗅觉、触觉各种功能，观察妈妈的动态。

"妈妈，你怎么还在跟陈叔叔好呀？"

"大人的事，你别掺和！"

"你都被他打了，我能不管呀，我不管还是你儿子吗？我要保护你的！"

"陈叔叔已经跟妈妈道歉了。"

"道歉了也不行呀，道歉了再打怎么办？"

"他已经跟妈妈保证不会了。"

"哎呀，我真是不懂你们女人。"

"妈妈知道你的好意。不过你长大就懂了，爱情这个东西呀，是打不死的。"

接着是吴天真，她是张静莹的闺蜜，也是知心姐姐。

"打人的男人千万不能嫁呀。"吴天真告诫。

"他不是故意的,他是喝醉了。"张静莹解释道。

"喝醉了打更不行呀。"

"是我说的话激怒了他,以后不会了。"张静莹像呵护一个孩子。

"你是不是喝了迷魂汤?到底他什么地方吸引你了?"

"不瞒你说,我长这么大,第一次动了情。我宁可被他打,也不愿跟一个无趣的男人厮守一辈子。"

"天哪,真的是每个女人都有一个渣男梦。"

吴天真放弃了说服,她发觉张静莹的狂热别人无法阻止。唉,一个女人有这样的激情也真是难得,不管是飞蛾扑火,还是掉入蜜罐,毕竟是心甘情愿。

马成长是从达达嘴里知道的。他心中苦笑,自己与她结婚这么多年,从未见她这样如少女般的狂热。作为男人,他不免一阵苦涩。她是倒着长了,先当了一个妈妈,然后再变成少女,一切命运使然。

"爸爸,妈妈爱上陈叔叔,你怎么就不伤心呢?"达达问道。

"不至于吧。"

"哎呀,我真是恨铁不成钢呀,妈妈就没像爱陈叔叔那样爱过你,你不觉得自己很失败吗?"

"那就失败吧!"

"你是个甘于失败的男人?"

"不不不,这个事情应该这么说,你妈妈喜欢的是他有钱,有能力,还能做公司,总之,就是一个成功人士,这个并非真正的爱。而且,爸爸和妈妈离婚了,她有权利爱别的男人。"

"你说来说去,就是承认自己失败呗。"

"那你要我怎么做?"

"你要让妈妈重新爱上你,重新和你住在一起。"

"为什么呀,当初我们离婚你不是还挺开心的吗?"

"当初是当初,现在是现在,我不想在你这儿做作业,然后又去那儿睡觉,我觉得自己就像一个球,被你们踢过来踢过去的。"

"哎呀,达达,我和你妈妈,不是想离就离,想合就合的,这事没那么简单。"

"你别吓唬我,我又不是没有经历过。你知道我同桌李静怡吧,上学期她举报我偷看作业,我都跟她闹掰了,一直没理她,这学期她花了压岁钱给我买生日礼物,我又跟她和好了,而且她现在是我最好的朋友。重新和好不是很容易吗?"

"你们小孩之间的事,跟大人是不一样的。"

"你们就不能跟小孩学习吗?"

达达教育了马成长一个晚上。马成长又是心酸,又是无奈,又觉得达达伶牙俐齿,说话在有理与无理之间,难以辩驳。他不得不以退为进,以守为攻。

"好吧,爸爸觉得你说得对。但是呢,你也知道你妈妈的秉性,喜欢时髦,喜欢名牌,认为爸爸很土,以我目前的能耐,要她喜欢我,我感觉难度相当大。你要是有主意呢,请多多指教。"

"爸爸,我发觉一个规律,不论什么样的女生——比如说我班成绩好的李静怡,爱学习守纪律;或者成绩差的田雨恬,说话粗鲁,喜欢吃零食,把自己吃得胖胖的。还有其他各种性格的女生,只要你送给她们礼物,她们都变得很可爱,都对你很好。"

"你的意思是我要给你妈妈送礼物?"

"对呀,你送过吗?"

"这……好像还没有。"

"难怪她不喜欢你,反正这是我这么多年的一个经验,一定要给女人买礼物！"

"我听你的。可以继续做作业了吗？"

"你什么时候买礼物呢？"

"这么跟你说吧，给你的礼物呢，我还记在账上呢，给她的礼物，记在下一笔账上。"

"爸爸你觉得我这个方法怎么样？"

"听君一席话，胜读十年书。醍醐灌顶，茅塞顿开。"

"爸爸你觉得我是个天才吗？"

"天才儿子和傻瓜爸爸。"

"爸爸你要加油哟，到时候我教你买什么！"

"行嘞，你已经把爸爸的油箱加满了。"

暑期来临，对达达而言，有太多的安排了。第一件事，就是好好耍一耍。张静莹公私兼营，一面带团，一面带着亲友，去内蒙古玩了一趟。同行的除了达达，还有陈一柯、吴天真、吴天真的女儿林爽。林爽已经初二了，达达喜欢她，跟在屁股后面叫姐姐。

人员的安排，张静莹自有打算。让陈一柯同行，仍然是为了达达，跟达达处好关系，事关未来。在草原上，陈一柯与达达一块儿骑马，一块儿吃羊肉，喝奶茶，学习摄影，不亦乐乎。另外，张静莹也想让吴天真看看，陈一柯除了揍了自己一顿，其他都好，是个上好的可遇不可求的男人。张静莹与吴天真的关系，怎么说呢，对比之下，张算是浪漫主义、理想主义，头脑容易发热；吴毕竟是医生，冷静、理性主义，看问题比较深，深思熟虑有主意。简而言之，两人有点像学生与导师的关系。这个事，导师心里在嘀咕，学生总是不踏实，学生总是想说服导师嘛。从一路的表现来看，陈一柯优雅、风趣、洒脱，以及特有的艺术气质，应该说服了吴天真。只不过女人永远不会在嘴巴上服软,她说:"行吧,就那么回事,一个鼻子两个眼睛,还不到三头六臂。回头再挨揍,不哭就是。"张静莹道:"我跟你解释过一千遍了,那是他喝醉了,我惹怒了他,他已经承诺,下不为例。"吴天真道:"有下次你也不会告诉我。"张静莹道:"你说这话就没意思了——嘿,你是不是妒忌我了。"吴天真笑道:"是呀,我好妒忌呀,你现在脸色多好,多滋润,被打肿的全看不见了。"张静莹道:"嘿嘿,我就信你前半句,我现在是滋润得不要不要的。"吴天真道:"瞧你那出息劲儿,跟没见过男人似的,马成长哪里就差了?"张静莹道:"你别哪壶不开提哪壶,故意让我不开心是不是?"

去了一周回来,各自心满意足。张静莹问达达:"玩得开心吗?"达达道:"开心呀,如果不用上学,天天去玩,那就好了。"张静莹道:"等你考上大学,大学毕业后,就不用上学了。对了,喜欢跟陈叔叔玩吗?"达达道:"喜欢,跟他一块儿骑马,我一点都不害怕。"张静莹道:"看来这一趟你是满意得不得了?"

达达道:"可是,还是有一点觉得不好。"

"什么觉得不好?"

"我也说不出来。"

"你看,你小的时候,怎么玩都开心,满满正能量。现在越长大了,怎么越有负能量?这样不好。"

"傻瓜才成天开心呢,妈妈,你愿意我当傻瓜吗?"

"妈妈希望你又聪明又快乐。"

"那是不可能的,聪明人都有烦恼。"

"那也未必,我现在就没什么烦恼。"

"那现在你有可能是智商最低的时候。"

"怎么可能?妈妈现在是最忙、智商最高的时候。"

暑期是旅游旺季,接下来,张静莹忙得不亦乐乎,把达达交给马成长,辅导暑期作业。达达喜欢跟林爽一块儿玩,两个人都交由马成长负责。两个孩子从内蒙古回来后,都喜欢上喝奶茶了。珍珠奶茶不行,要喝那种有醇厚香味的奶茶。马成长把孩子安顿好一块儿做作业,然后煮白茶,给他们研制奶茶。

"姐姐,你爸爸和妈妈离过婚吗?"达达写了片刻,便忍不住窃窃私语。

"你以为每个人的爸妈都离过婚呀,我告诉你,大多数人的爸妈没离婚。"林爽思想比较正经,对达达教育道,"不过我爸妈虽然没离婚,但是闹过离婚,被我发现了,你猜猜我怎么办?"

"你肯定说,谁给你手机玩,你就跟谁?"

"我才不会像你这么幼稚呢。我就哭了,一直哭,直到他们答应我不离婚了,我才不哭。哎哟,我哭得好累呀。"

"哭就管用吗?"

"有一本书上说,哭也是一种语言,比如婴儿不能说话,一哭,大人就知道他饿了。哭可管用了,比如说,我想去海南潜泳,可以看见热带鱼在身边游来游去的样子,不过去一趟要花很多钱,我爸是不会同意的,我一直哭,我爸就心软了。"

"潜到水下你不怕吗?"

"跟我爸在一起,什么都不怕。"

"你妈没去吗?"

"她那时候请不了假,不过他们答应我下次去泰国,带我一块儿去。"

马成长从厨房里看到两个孩子交头接耳,警告道:"你们认真点做作业,今天的任务得完成呀。"

达达回敬道:"我们聊一点人生,你好好做你的奶茶,味道要是不对，我可饶不了你。"

马成长亲自品尝之后，给孩子们端上来。

"爸爸，味道还欠缺一些。"达达道。

"欠缺什么呢？"

"我说不出来，姐姐你说呢？"

"我觉得没那么香。"

"那是肯定的，刚挤出来的奶，当然比我们的牛奶要香。"

"爸爸，那你下次做得更香一点。"

"我想想办法吧，要做到一模一样，只怕爸爸要养一头奶牛了。"

"爸爸你可要说到做到呀。"

马成长用摩托车载着达达，到城郊去寻找奶牛养殖户。日头正盛，没有人晓得这大汗淋漓的父子是为了找奶牛的。两人在一棵榕树下休息，凉风吹来，惬意得很。达达擦着汗问道："爸爸，奶牛能找到吗？"

马成长在榕树下给达达讲了个故事："爸爸在你这么大的时候，很喜欢去河里捞鱼，可是总捞不到什么。爷爷就答应，有空的时候，可以陪着爸爸去捞一次。但是爸爸等呀等，等到长大成人了，这一次也没有等着。也许是爷爷太忙，忘了吧。小时候的遗憾，就是一生的遗憾，都留在了爸爸心中。现在呢，爸爸不能确定能不能找到奶牛，但是既然陪着你找过了，就不会给你留下遗憾。"

马成长在城郊的增坂村找到了奶牛养殖户，达达看了半天奶牛，还亲自挤奶，不亦乐乎，还颇有成就感。达达问道："爸爸，这头奶牛有没有名字？"马成长道："以后你会经常吃它的奶，不如叫它干妈吧。"达达叫道："太好了，我同学也有干妈，都是人，就我的干妈不是人。"

当天晚上，马成长的日记写的是《寻找干妈》。

张静莹看见父子俩晒得黑乎乎的，满面尘土，就为了一杯牛奶，埋怨道："中暑了怎么办，超市里买一袋奶粉不就行了？"马成长不屑地道："你除了懂得挣点钱，教育孩子的事，还是少插手为妙。"

马成长用了新鲜牛奶，加上五年的福鼎白牡丹茶饼，终于造出跟草原相当接近的醇厚的奶茶了。

达达开始吹牛："姐姐，你看我爸爸厉害吧，我要他做什么他都能做。"

林爽道："你爸爸这么好，为什么你要跟你妈妈？"

"我也不知道，其实他们早就商量好的。"

"哈，你是我见过的第一个希望爸妈离婚的人。"

"你为什么不要爸妈离婚呢？"

"这个问题还用问吗？猪呀狗呀猫呀都不想让爸妈离婚吧？"

"你说一下吧，我就想知道呀。"

"这么说吧，没有父母的孩子就叫孤儿，父母离婚的孩子就算半个孤儿，多可怜呀，谁喜欢当孤儿呢？"

"你说得也有道理哟！"

姐弟俩无话不谈，像两只仓鼠在偷食。马成长觉得照顾两个孩子比照顾一个要简单，他乐得在一边看点书。在开头写了两三万字，发泄了最初的热情之后，他发觉写作并非凭借激情或者一点原生经验就能完成的。这时候冒出许多问题：结构的问题，人物的问题，事件冲突的问题。他不得不看些写作原理的书，带着问题学习，受益良多，活学活用。

达达看见马成长和他们一块儿学习，十分好奇，道："爸爸，上完大学以后就可以不用学习了，你怎么还在学习？"马成长笑道：

"谁告诉你上完大学后就不用学习了,难道你长大后就不用吃饭了吗?"达达埋怨道:"那还得学到什么时候去?"马成长笑道:"你们学校里是一种学习,课外看书也是一种学习。善于学习的人,生活有无限的可能性。不善于学习的人,坐井观天自缚手脚。生活正在惩罚不学习的人。爸爸现在是悬崖勒马,希望通过学习,拥有另一个世界。"

达达似懂非懂。

林爽道:"叔叔,按照达达现在做作业的速度,到了中学作业绝对做不完的,我每天都做到十一点呢。"

马成长道:"听见没有,达达?不培养良好的学习习惯,会被作业搞死的。"

八 诡计

开学以后,达达有了想法,要马成长到家里辅导作业。张静莹不同意。为什么?跟陈一柯好事将近,她想把跟马成长的关系撇得干干净净,不想留有枝节羁绊。在和陈一柯交往的几个月里,她在朋友圈里已经晒够了幸福,大多同事、亲友、闺蜜都晓得她花开二度,生活品质得到了极大提高。吴天真让她低调点,张静莹道:"有幸福不晒,那不是白幸福了吗?"

"要不妈妈给你请个家教?"张静莹决定出点血本,解决难题。

"不行,什么家教也不如爸爸耐心,况且,我还要跟爸爸谈心呢。"

"可是,爸爸跟妈妈已经离婚了,再回来,那多难看,别人还以为怎么了呢。"

"我才不管呢，离婚有什么了不起的呀，再说了，爸爸有权利回来，因为买这个房子的时候，爸爸也有出钱。"

"可是离婚协议上，这房子是归妈妈的，将来就是你的，我们要尊重协议呀。"

"陈叔叔能来我们家，爸爸就不能来我们家，你这不是歧视爸爸吗？"

"你这孩子，放了一个暑假，变得这么难搞，是不是玩野了？"

"我长大了，我有自己的想法了，你反对我长大吗？"

达达据理力争，像一个小大人。张静莹只好软下来，装可怜道："达达，你替妈妈想一想，如果爸爸再回来晃来晃去，妈妈就变成了一个不清不楚的女人，被人指指点点，你就可怜一下妈妈吧。"

"你说的我不懂。我觉得你根本就不爱我！"

"你可千万别这么说，妈妈不爱你还能爱谁！"张静莹都被逼出眼泪了。

"连这点要求都不满足，还说爱我，我看你的心思全在别人那里。"

"唉，这该死的作业！"

张静莹被触动了心中最柔软的部分，只好归罪于作业。一边是孩子对爱的质疑，一边是自己的爱情，两者都是自己生活中最重要的部分，张静莹卡壳了。

"达达真的要把我搞疯了。"张静莹现在最亲的人，就是陈一柯，只好向他求救。

"怎么啦？孩子那么可爱。"陈一柯无论在办公室还是出去游玩，都有条不紊，显示出一个成熟男性的气质。张静莹越来越觉得依赖他了。

"就是作业呀，我也辅导不了，他非要他爸爸辅导，还非得来家里辅导，我不让，他就故意跟我使坏，磨磨蹭蹭，不是偷手机玩，就是偷偷打开电脑。我把手机藏好，把电脑线拔掉，他就无所事事，从客厅流浪到卧室，从卧室流浪到厕所，失魂落魄的。老师还在微信上催，怎么作业又没做完呀，真是难为死我了。"

"那就让他爸爸来辅导呀，有时候男人管教比女人要有威慑力。"

"可是，我让他来我家吧。不说别人指指点点，就是你也会认为我们藕断丝连，我不又得解释老半天，你说是吧？"

"你看你们女人就是想得多，我可没你想得那么小家子气。"

"真的吗？"

"你该怎么着就怎么着，孩子学习要紧。"

"那如果别人说闲话，你不会介意吧？"

"我这忙得都顾不上喝口水，哪有心思介意，说闲话也是别人的权利。"

问题迎刃而解，张静莹真是大喜，趁着办公室无人，感动得忍不住伏在陈一柯怀里，道："你太好了，真不知道我哪里修来的福气。"

陈一柯抱了抱张静莹，亲了她一口，把她从自己怀里像萝卜一样拔出来，道："工作的地方就工作，亲热的地方再亲热，你可别搞混了。"

张静莹不好意思，羞道："我太激动了嘛！我就要！"

陈一柯道："不要上班下班不分嘛，下班后去我家？"

"哪有时间呀，过十分钟就要去接达达了。"

张静莹狠狠地亲了一口陈一柯，站起身理了理自己的长发，门外适时响起了敲门声。

达达兴奋地拨通了马成长的手机。

"爸爸,告诉你一个好消息和一个坏消息,先听哪个?"

"坏消息。"

"坏消息就是这学期的作业越来越变态了,网上的消防和禁毒作业要家长一块儿做。"

"这个不算坏消息,回头爸爸陪你做。好消息呢?"

"好消息就是妈妈同意你过来辅导作业了。"

"孩子呀,你妈同意了,你可没问我同不同意呀。"

"你不同意?"

"当初爸爸走出家门的时候,对你妈说了什么话知道吗?我说我要是再进这个家门,我就是狗。"

"汪汪,汪汪汪。"达达在手机里学狗叫。

"我都当小狗了,你就当个大狗,不挺好的嘛!"达达咯咯笑道。

"儿子,你别开国际玩笑了,我要是进那个家门,你妈会真把我当成狗的。知道我为什么那么爽快离婚吗?就是受不了你妈看我不像看人类的眼神,那是势利眼,你长大后就明白了。"

"我不用长大就知道了,我同桌也是个势利眼呀,一说到钱就两眼发亮。不过你可以过来教育她嘛,让她长点见识。"

"我可没那本事,我还没张口她就先教育我了,嘴皮子倒是比谁都利索。"

"那我来教育她吧,我对付她有撒手锏呢。"

"儿子,这事咱们就免谈,你要么就来我这儿,要么就让你妈想办法,我是打死也不回去了。"

"爸爸,你根本就不爱我!"达达变了脸色。

"儿子,别这么说,爸爸愿意把心掏出来给你,可是你也得

169

给爸爸留点尊严。"

"你还有尊严？我再也不想见你了。"

马成长的心软了，那一点点的坚持，在儿子的愤怒中分崩离析。他最后的要求是，让张静莹亲自要求他回去辅导作业。他真的像一只受了伤的狗一样进门，眼里带着一丝倔强。

这还不够，达达还叫了林爽一块儿过来吃饭，一块儿做作业。有马成长辅导，吴天真夫妇也不亦乐乎。

马成长在书房陪着做作业，达达也不让张静莹外出或者闲着，让她去煮奶茶。达达已经喜欢上他的干妈奶牛了，隔一段时间就去看看，喂喂草。吃奶茶的时候还评头论足，说今天干妈肯定心情不错，下的奶特别香。惹得林爽相当羡慕，说改天也要去看看干妈。张静莹刚开始煮奶茶，不熟，达达便打发马成长去厨房指导。马成长一看，拉住张静莹的胳膊道："先把茶包煮入味了才放入鲜奶的。"张静莹被一顿抢白，不高兴了，道："别拉拉扯扯的，咱们跟从前不一样了。"马成长火了，道："臭美，跟谁爱碰你似的，你这么乱煮孩子根本不爱喝。"两人心里都有气，一碰就点着，吵了起来，回头一看，达达正站在后面，一脸生气的样子。

"一点事情就吵吵闹闹的，像话吗你们？两个人加起来七八十岁了，比我们班上同学都不如，我真是恨铁不成钢。你们说，上梁不正下梁歪，我跟同学吵架你们可不能再管我了。"达达振振有词，都是平时爸妈教训他的话，口气模仿得惟妙惟肖。

两人被前所未有地一顿指责，但是无从反驳，怕一出口都是错。达达见自己占了上风，顺着竿子往上爬，命令道："如果不想我跟你们一样粗鲁，你们就握手和好。"

两人在达达的指令下，互相握手、鞠躬，最后达达命令张静莹虚心学习煮奶茶，道："妈妈你必须认真学，奶茶要煮得跟爸爸的一样香,否则会影响我的生活品质。"

林爽偷偷出来躲在沙发后面看戏,回到房间后,夸道:"达达,我都没想过可以教训爸爸妈妈,今天真是开眼了。"达达骄傲地道:"大人呢,不好好管教一下,就越来越不爱你了,和和气气的,才像个家嘛。"

达达为什么要叫林爽一块儿做作业?他心里有小九九。他道:"没有人一块儿做作业,会觉得全世界的孩子都在玩,就我一个人在做作业。"马成长道:"你这是被迫害妄想症。"达达反驳道:"我们是真正被作业迫害的,同学说,外国的小朋友根本就没我们这么多作业。"马成长道:"国外是国外,中国是中国,没法比的。"达达说起来一套一套的:"谁说没法比,我们要跟先进国家看齐的。"

达达的作业少,一般八九点就做完了,林爽的作业多,主科副科好几门,再碰上难题拖拖拉拉,都要到十点,有时候甚至到十一点,导致睡眠极度缺乏。而且,整天在作业的海洋中挣扎,孩子变得木讷,失去了天性。虽然不晓得这种现象是不是普遍的,但马成长觉得作业太多会让孩子失去更多。

林爽得到共鸣,睁大了眼睛,道:"叔叔,你来管管这事?我现在连逗仓鼠的时间都没有了。"

"这事还是让你爸妈跟教育局反映比较合理,但是我可以起草一份投诉书。"

获得诺贝尔生物和医学奖的三位美国科学家,破译了生物钟的密码,并解释了其工作原理。其成果归纳起来,只有四个字:不要熬夜!这三位科学家研究的是生物钟。熬夜破坏了生物钟,就会破坏人的免疫系统,会对人的生命健康产生不可逆的影响。尤其是孩子,儿童的生长发育需要睡眠。

孩子睡眠时分泌的生长激素最多，促使儿童骨骼生长和身体发育，所谓"睡一觉大一寸"就是这个意思。

儿童的智力发育也需要睡眠。调查发现，缺觉的孩子，大脑皮层大多受到抑制，表现出粗心、反应速度过慢等现象。日均睡眠时间达到九小时的孩子，其注意力、自觉性、人际关系和学习成绩，都明显更好。孩子第一天睡眠不足，第二天就要补上，可就算是这样，熬夜对小朋友身体造成的伤害是怎么也无法弥补的。睡眠太少就会不断欠"睡眠债"，人撑不住了，就会猝死，或者患上抑郁症，觉得生不如死。

教育部印发《义务教育学校管理标准》，再次明确"家校配合保证小学生每天十小时、初中生九小时睡眠时间"。以目前的作业量与难度，根本不能让学生睡上九个小时。根据有关调查，年级越高，孩子睡眠时间越少，这对孩子的身心发展极为不利。而且，围绕着作业而长大的孩子，没有时间参与实践活动，高分低能的现象相当普遍，这与素质教育背道而驰。因此，我们强烈要求老师减少作业量，甚至有些副科可以不布置作业，以促进学生的身心成长。

马成长洋洋洒洒，引经据典，写了一篇声讨作业太多、孩子负担太重，影响身心全面发展的檄文，吴天真深以为然。她感觉林爽开学后确实变得呆头呆脑，放假了或者跟达达在一块儿玩时，才会有一点生气。于是她到区教育局去反映情况。

教育局比较重视，回复马上到具体学校和教师进行调查。几天后得到电话反馈，已经调查，并且命令该校有关老师适当减少作业量，保证学生的睡眠时间。

马成长承包了孩子们的作业，有时候甚至承包了给孩子做饭，这也给张静莹留出不少空间,她得以加班、出差,跑没跑过的路线,有时候一趟就是五六天。达达对此相当不满,每次出差,他都要讨价还价,甚至命令张静莹不要出差。张静莹强调:"妈妈也不想出差,可要赚钱呀。"

"你这是掉进钱眼里了。"达达振振有词地道。

"你瞧,学了你爸的一身酸臭味,没有钱,日子没法过呀。这不,我一出差,还得把伙食费交到你爸手里,要不然你们爷俩都得饿死。"

"你别小瞧爸爸,他以后会有钱的。总之,你老出差,是不把这个家当成家了,我不同意。"达达据理力争。

达达最理想的状态,是马成长在书房辅导作业,张静莹给他煮奶茶,或者做点心,总之,大人都在围着他转,他觉得惬意得很。有时候达达还指使马成长,说:"妈妈在煮奶茶,你去视察一下。"有时候他又指使张静莹,说:"爸爸今天有点咳嗽,你去找点感冒药。"他就像一个导演,希望男主角和女主角都在自己的视线之内、调度之中。

慢慢地,张静莹感觉不妙。她感觉达达是在挖一个坑,让自己掉进去,掉到离婚之前的那种生活。想到此处,她后背居然冒出凉气,现在的孩子真是让人匪夷所思,哪来那么大的心思!是不是书看多了,电视节目看多了,信息接触多了,所以每一个小小的躯壳中,都有成人一样的心思?她回想自己小学的时候,到底是一种怎样的状态,回忆许久,突然想起有一次自己装肚子疼,就是为了能吃到罐头。小学生是到了有心机的年龄,倒是不怪。不管达达是潜意识的,还是有意的,都显示他想把爸爸和妈妈都收入麾下。

结婚。她脑子里像有一道闪电划过。跟陈一柯把婚事搞定,达达的阴谋才可能破产。她反省，自己过于沉浸在甜蜜的爱情与繁忙的工作中，却把最重要的一茬给忘了。这事如果跟达达商量，达达有可能不乐意，不如先让爱做主，再让达达接受事实，之后怎么着都无所谓，这是避免夜长梦多的最完美方案。当然，结婚这事她也从来没跟陈一柯提过，可能是潜意识中觉得时间未到，在等待水到渠成的时机，现在看来是达达加速了这个计划。当然，自己不可能跟陈一柯求婚，必须让陈一柯求婚，给他一个暗示。求婚的场面呢，不要过于盛大，像年轻人一样在楼下摆九百九十九朵玫瑰，还叫来摄影师跟拍，过于夸张；但是也不能不注重仪式。想想自己的第一次结婚就来气，当时要买结婚戒指，结果恰逢那时候马成长父亲住院，花了他一大笔积蓄，那时候张静莹单纯，居然掏出自己的钱买了钻戒，替马成长解围，现在想想就觉得好傻。现在自己最理想的求婚方案，应该是在办公室，陈一柯当着同事的面跟自己求婚，一束玫瑰、一枚钻戒足矣。同事们都见过陈一柯，对其儒雅而不羁的风范，也颇为欣赏，在这样的氛围里求婚，自己会觉得温馨、甜蜜而安全，可以回味一辈子。

九　信心

达达已经能感觉到马成长的消沉。父子长期相处，在情绪上互相感染。马成长的叹气、若有所思、心不在焉，被达达捕捉得一清二楚。

"连你煮的奶茶都不是那个味儿了。"达达抱怨道。

"你现在真是嗅觉跟狗一样灵敏。"马成长感叹道。

"不是那个原因，因为我是你儿子，懂吗？我得管管你。"

达达学着马成长的口气道,"你的精气神没了,指定遇上难题了。"

"本来是不该告诉你的,想在你面前当一个永远垮不掉的父亲的角色。不过,既然被你看出来了,不如就实话实说,你老爹我遇上过不去的坎了。"

"你又不用考试,也有过不去的坎?说来给我听听。除了考试,其他问题我都能解决。"

"老实说,爸爸对写历史小说,失去了信心。看了很多理论书,发觉要掌握的技巧很多,再回到写作上,发觉不会写了,像个白痴。我回顾以前写的东西,那是因为肚子里有货,一下子倒出来,也不存在章法的问题,属于自发性写作。可是自觉写作根本就很难,所以我在考虑是不是换一个行当。简单而言,就是爸爸怀疑自己能否胜任这个工作。"

"你告诉我,碰到困难要自信的。"

"自信当然要,但能不能胜任一个职业,是另一个意思。"

达达眨着眼睛,回味马成长的话,似乎咂摸出了意思,一拍脑袋,道:"有了,爸爸,你把以前写给我的诗让我看看。"

"在那边呢,明天看吧。"

"不不不,我马上要看,我要给你把把脉。"

"你这孩子,这么倔,现在是作业时间,怎么去?"

"你就不能给我一个机会指导你吗?为什么只准你指导我,不准我指导你?这样不平等。"

"不是不可以,明天可以吗?"

"不行,我现在有灵感,明天灵感就没了。"

马成长觉得,也许是自己处于人生低谷,精气神不行,以致在孩子面前失去了威信?但又有什么办法呢,不是你有威信孩子就能听你的。不得已,他只好骑着摩托车去把日记本拿过来,不过来回也就二十来分钟。达达道:"你看,你拿过来,我又把卷子做了一面了,什么也不耽误呀,以后不要老跟我争。"

他便翻看和朗读爸爸为他写的诗:

> 一周岁的时候
> 马达达同学看见
> 奶奶睡着了
> 就拿着电视遥控器
> 朝着奶奶的方向
> 拼命地摁
> 想把奶奶摁醒
> ……

> 一周半的时候
> 马达达同学
> 喜欢拉着我
> 和他一起在地上爬
> 我要是直立起来
> 他就大发脾气
> 似乎告诫我
> 做个体面的人
> 是很累的
> ……

> 马达达同学
> 对音乐情有独钟

即便他手头很忙
听见音乐的节奏
也要忙里偷闲
扭摆几个舞姿
听见有人在弹琴
他就拼命扑上去
乱敲一通之后
发觉自己的旋律
不那么优美
于是他发出一声长啸
……

马达达同学
喜欢捉迷藏
他明明知道我
藏身的地方
却一脸坏笑地停住
不着急逮住我
他知道屋里太小
捉一次真正的迷藏
不容易
……

达达边朗读边咯咯笑,接着自己鼓掌,叫道:"爸爸,写得很不错,我都看得懂。"马成长道:"上次你不是说写得一般吗?"达达道:"上次我还不懂欣赏诗歌,现在我懂了。"

达达让马成长面对自己,道:"看着我的眼睛。我现在郑重地告诉你,你完全可以胜任作家这个职业。"

"为什么?"

"老师说诗歌是最难写的,诗歌能写,其他的就没问题。你的诗歌这么好,写其他的肯定没问题。"

"真的这么认为?"

"当然了,我还能骗你不成?"

"可是爸爸现在觉得没法写下去,好像变成了一个白痴。"

"跟我作业做不来一个感觉嘛。我做不来你来辅导我,你做不来也去请个老师辅导一下你不就成了。"

"你真的对爸爸有信心?"

"我相信你,因为你是我爸爸,既然儿子这么聪明,你也差不到哪里去。"

有一瞬间,马成长觉得达达就是自己的父亲。父亲没什么文化,一辈子猫在乡村,力不能及,任马成长自生自灭。所以考大学,找工作,辞掉工作,都是一个人拿主意。简而言之,从未有人教导过自己。现在达达这么一本正经,简直是活脱脱孙子替代了爷爷,一点不违和。基因就是这么神奇,马成长眼窝子一阵酸。

次日,马成长在智能手表里留了一条言:儿子,我听你的。

吴天真接到张静莹哭哭啼啼的来电时,正在开会。她吓了一跳,忙问道:"是不是又被谁揍了一顿?"张静莹哽咽道:"比揍一顿还严重。"吴天真道:"那还不去医院?找我没用呀,我不在医院。"张静莹道:"我是心里难受。"吴天真舒了一口气,道:"暂时还死不了吧。死不了那就等等我,我这个会很重要。"

先是家长委员会负责人把吴天真叫过去,说:"你去教育局投诉,让老师减少作业,其他家长是不满意的。现在竞争这么厉害,你这边松一点,学生成绩指定掉下去,其他家长不乐意呀。"

吴天真也据理力争。家委会负责人说:"你也有你的道理,但问题是不能一竿子打下去,现在老师受到教育局的告诫,严重影响了教学积极性,后果很严重,高中录取是按照成绩择校的,高考更是,这个责任谁负得起?"

不得已,家委会召集家长代表开会。这个会比吴天真以往开过的任何会都要激烈,如果不是负责人事先声明,只能动口不能动手,说话口水不要喷到对方脸上,很有可能变成一场械斗。

会上的家长们主要分为以下几种:

第一种,反对作业多的。他们说自己的孩子没日没夜地写练习册,不写还不行,无奈之下,有的家长就替学生写练习册作业。关键是如果为了完成而完成就没必要了,第二天孩子上课困,没精神,影响听课质量,就会落下知识点。分层布置更合理,教育早该改革了。

靠试题量巩固学习的方式,陷入了刷题式填鸭式的学习模式。进入大学后,如果已经养成这种应试的学习模式,就很难提高实际应用能力和创造能力,所以即使是研究生、博士生毕业,转到实际工作中他们也成了"傻子"。

第二种,中间派。他们先不谈老师给孩子布置很多作业对不对的问题,老师不会无聊地乱布置作业,你可以认为负担过重,还可以认为有些作业不合适。这都行,但要明白一点,老师的出发点是好的。如果你觉得孩子很累,家长可以找老师谈,我的孩子不做。其他的孩子做不做不管。为什么会有家长打电话到政府部门呢?原因很简单,不想自己的孩子太累,又不想别人的孩子学太多。这就是自私的行为了。

第三种，提倡作业多。没有办法，看看高考升学率高的学校，哪个不是拼命刷题刷出来的？学霸做难题提高水平，普通学生和学渣做基础题夯实基础。所以要过高考这座独木桥，做题是必须的。老师、家长、孩子都是被逼的。家长看孩子行不行，跟不跟得上别人，哪个不是看成绩？我孩子觉得合适，你孩子觉得作业多，你就主张减少作业拉我孩子后腿，怎么不去反省怎样提高做作业的速度呢？我孩子上不了大学，你给负责吗？

虽然没打起来，但终归是一场乱战，口舌之战，没完没了。最后，为了对得起这次会议，家委会做出两点决议：第一，让老师出AB作业方案，任由学生选择；第二，以后有诸如此类的意见，要先通过家委会，不能擅自上报教育局。

吴天真吵得口干舌燥，还憋了一肚子气，到了张静莹的办公室。其他人都下班了，就张静莹一个人，眼睛肿肿的。吴天真道："没缺胳膊少腿吧？我看不是挺好的嘛。"张静莹一听，像缺奶的孩子见了妈，眼泪哗啦啦地就下来了。吴天真道："嘿嘿，平时最刚的不是你吗？现在怎么跟婴儿似的，你那天不怕地不怕的劲儿跑哪儿去了？"

张静莹十分委婉地问陈一柯，如果将来求婚的话，会在什么地方。陈一柯狐疑地看了张静莹一眼，质疑道："你不会真的想结婚吧？"张静莹吓了一跳："你什么意思？这不是迟早的事吗？"

正是这一次对话，才引出陈一柯的想法，否则，他们沉浸在恋爱之中，并不提及未来。陈一柯道："其实我是个不婚主义者。我觉得我们这样挺好，开开心心地过日子。一旦进入婚姻，又陷入了婆婆妈妈的口角之争，美感全无，互相煎熬。我们已经走过一趟了，何必再来一遭。"

"可是,你都没有跟我说过呀?"

"你也没问过呀。"

"你是不婚主义者,可是你结过婚。"

"我是离了婚才变成不婚主义者的。"

"那还算什么不婚主义!"张静莹呜的一声眼泪蹦了出来。

陈一柯道:"你看你看,现在没结婚呢,你就这样。如果结了婚,你就会今天哭一鼻子,明天哭一鼻子,我们的生活就将陷入沼泽,无法自拔,开开心心的时光一去不返。"

"你是不是从来就没爱过我?"

"唉,我们都是过来人了,不要再抠'爱'这个字眼,然后大做文章,纠缠撕扯。"陈一柯道,"其实我是很喜欢你的,比如说,我随便给你买什么礼物,你都很开心,很知足,这让我觉得给你花钱很值得。我前妻呢,我给她买什么,她老是纠结为什么要买礼物,是不是做了什么亏心事,为什么懂得买这个,是不是经常买礼物给女人,总而言之,给她买东西就是自找麻烦。上次我喝醉了,甩了你一巴掌,也是因为你当时嘴贱,问我有没有买这个礼物给别的女人,我当时脑子一热,几年的老火就拱上来了。总而言之,我是喜欢跟你相处的,但是这种美好的感觉,很难禁得住婚姻的折磨。《金刚经》说:一切有为法,如梦幻泡影,如露亦如电,应作如是观。爱情的火花就是如此,不婚则能让爱火闪耀。"

陈一柯说罢,闭上了眼睛,似乎阐释是一件极为疲惫的事。

张静莹当时是暴怒着走出陈一柯的办公室的,她留下一句"我再也不想看到你了"。陈一柯是冷静的,他似乎洞悉一切。

张静莹转述完毕,已经泪雨滂沱,又像一桶糨糊从头浇下。吴天真听罢,道:"陈一柯不但帅得让你失魂落魄,还一脑子的思想。"张静莹哭道:"我该怎么办?"

吴天真道："还用问我？你自己是不是傻了？你对他说的话，做到，不就行了？"

张静莹像个女孩一样，点了点头，道："我真是瞎了眼。可是，我同事还等着吃我的喜糖，这下不是丢脸了？"

"喜欢在微信晒幸福的人，十有八九都会被打脸，又不止你一个，你也不用太自豪。"吴天真尖酸起来，不像个医生，"你还是好好收拾下这张脸，别让孩子看出来，才是正事。"

张静莹到洗手间去捯饬了一番，总算恢复了精气神，对吴天真道："走，你陪我喝酒去。"

"你疯了，咱们不是十年前了，咱们现在拖家带口了。"

"别啰唆了，我叫马成长把达达和林爽都接管了，为什么拖家带口就不能耍，为什么男人能耍我们就不能耍，我要一醉方休！"

"哎哟，不一样了，摔一跟头倒是摔出个崭新人生呀！"

十 爱

达达的干妈要被转卖了。

主人要出去搞养殖了，照顾不了奶牛。况且一头奶牛，带来的收入不高，主人决定弃牛从鱼，把牛转给了二十公里外的贵村养殖户，那里有七八头奶牛。主人给马成长来电："以后没奶吃喽。"

晚上，马成长把卖奶牛的事告诉达达。达达不高兴了，问为什么要把奶牛卖掉呀，有没有经过奶牛的同意呀，唠唠叨叨半天，最后说，他想去送别奶牛。

"明天要上课呢。"

"上课天天都有，可干妈走了就看不见了。"

"听起来有点道理。"

达达给老师写了一张请假条,说奶牛干妈要走了,以后见不到了,自己必须去送别。马成长道:"你还是把奶牛两个字去掉,除了爸爸,没人同意你翘课去送奶牛的。"

次日一早,马成长在校门口接到达达,把自己签字的请假条照片发给班主任,骑着摩托车载着达达朝乡村开去。达达叫道:"不上课好爽呀。"马成长道:"没么么爽,回头得把课补上。这事要是被你妈知道了,我们俩都吃不了兜着走,下不为例。"

主人特意给达达挤了最后一次奶,把奶牛用挡板赶上货车。达达紧张地注视着,嘴里念念有词。马成长问他,他说是在数奶牛身上有几个皮卡丘的图案。车开走的时候,达达叫道:"干妈,干妈。"奶牛看都没看他一眼,茫然地看着车外,不晓得人类在搞什么鬼。

回来的时候,达达情绪相当不好,一直在猜想奶牛的下落,会不会被人宰了呀,新的主人会不会善待它,诸如此类。马成长笑道:"就几个月,对奶牛这么有感情,爷爷走了也没见你这么伤心过。"达达道:"奶牛更可爱嘛。"想来也是,达达跟爷爷一共没见过几面,再加上爷爷不会说普通话,两人更没说过几句话。达达对着奶牛说的话,比对爷爷说的多得多,不晓得奶牛听得懂不。

马成长道:"如果你伤心,就写到日记里去。你的伤心藏在日记里,人就得到解脱了。这也是我小时候的方法。"

达达回来后,偷偷告诉林爽,自己翘课去看奶牛了。林爽大为惊奇,说:"你爸爸真是神奇,我爸爸肯定干不出来。"达达道:"这是我的一个秘密,千万别让我妈知道。我爸说,秘密只能写在日记里。"他把自己的日记拿给林爽看。林爽道:"没想到你内心戏还挺多的,我真是小看你了。"达达自夸道:"我就是一个又帅又有内涵的男人。"林爽抿着嘴笑了:"没想到你这么不谦虚。"达达道:"对自己要客观评价嘛,难道你觉得我不是这样吗?"林爽道:"老实说,帅还差一点儿。"达达追问:"哪里差了?"林爽道:"说不出来,等我想起来了告诉你。"马成长一边写东西,一边说道:"你们俩做作业的时候离得远一点,别窃窃私语,做完了再谈心。"

马成长在微信上请教了一个作家,说自己看了些理论书,觉得要训练的技术特别多,感到不会写作了,甚至脑海一片空白,怎么办?作家说,这种情况他可能经历过无数次,最好的办法是忘掉理论,看看自己喜欢的小说,重新找到表达的欲望。理论并非没有用,理论存在于理念当中,实践于构思之中,当你开始写的时候,必须忘掉,重新获得写作的激情。马成长豁然开朗。当语言从脑海中再次奔腾而出的时候,他感觉已经有了某种方向,某种支撑,不像之前那样茫然了。他重新恢复了写作的信心,他感觉儿子对自己的鼓励,真的犹如神启。

写到五万字的时候,他交给出版商看,这是事先的约定。出版商的回复是,这个处于可出可不出的状态,也就是说,看内容还可以,但是缺了点什么,不够吸引人,特别是不如之前的官场小说那样吸引人,让马成长想一想,调整下状态。马成长一想,官场小说的人物原型是自己,环境都在自己身边,写起来自然入木三分。现在写历史,离自己几百年呢,怎么可能写到那个程度呢。出版商说:"好的作家,就能把历史人物写得跟身边的好友似的,我能看得出来但不知道怎么写,你去摸索吧。"

马成长又陷入了困境。成年人的路,没有一条是好走的。

中午,张静莹把饭菜端上桌,叫达达吃饭,却不见达达踪影。

挨个儿房间搜寻过去,最后发现达达躲在卫生间,脸上涂得白白的,像一个小丑。张静莹气坏了,自己的那些护肤品,被倒出来,满水槽都是。

"达达你想干吗?"

"我想让自己美白一点嘛。"

"你一个男孩子,搞那么白干什么?"

"难道有人嫌自己太帅吗?"

"什么时候开始臭美了。妈妈这些产品是抹脸的,不是洗脸的。你真是隔一阵子就来一出,不知道是什么妖精生的。"

张静莹把他的一脸东西洗掉,把他拖了出来,警告他不要再用自己的护肤品了,那些东西都很贵的。达达不服气,道:"你就舍得给自己花钱,不舍得给我花钱。"

"你又不是女人,搞那么白干什么?"

"鹿晗、易烊千玺、王俊凯、王源……哪个不是又白又帅的?"

"这……你知道还有个明星叫古天乐吗?他故意晒得黑黑的,才红起来的。"

"不知道。林爽姐姐说,我皮肤黑了一点!"达达下命令道:"反正以后你的护肤品,也有我的一份。"

"哪有这样的儿子。"张静莹觉得跟孩子辩论,简直是自讨苦吃,叹道,"你要知道,你皮肤黑,是遗传了你爸爸的肤色,抹上一吨也没用。"

张静莹接不住儿子的奇思妙想,对马成长道:"你成天跟他在一起,该管管孩子的思想,整天有那么多不可思议的想法,把我折腾得够呛。"

马成长听了,没吱声,似乎是不屑回答。张静莹道:"我说的话你听见没有?你能不能让他学乖一点,听话一点,我在外头

| 185

就够累的了，回家还要对付他的刁难，累呀。"

马成长没好气地道："孩子有想法总比没想法要好，你就知足吧。"

张静莹道："用我化妆品那也叫想法啊？两千块钱的化妆水他一倒，就去了一千，都是哪来的鬼点子。"

"我儿子真聪明。"马成长慢条斯理地道。

达达能敏感地觉知张静莹的状态，通过观察、偷听电话等，就像张静莹说的，他在家像一个侦探，也像一个小偷，对大人的事特别好奇。有一小段时间，他对张静莹道："妈妈，你肯定失恋了吧？"张静莹吓了一跳，这孩子简直是人精，令人心惊胆战，只好训斥道："谁跟你说的，你别来掺和妈妈的事，懂吗？"达达委屈道："我的事你能管，你的事我怎么不能管。失恋了你就好好待在家，给我研究点上好的菜品，有空帮我去遛一遛仓鼠，不要整天魂不守舍。"张静莹只好求道："好好好，这个家由你来管算了！"

但是没有消停多久，达达又问道："妈妈你又谈恋爱了是吗？"

"有证据吗？"

"打手机偷偷摸摸的，微信语音也是嘀嘀咕咕的，脸上还露出贱贱的笑，还有呢，一边做饭一边唱歌，这些全是证据。"

"行吧，我就恋爱了怎么着吧？"

"不务正业！"

达达只好偷偷跟马成长反映："爸爸，你该管管妈妈，失恋了又恋爱，她要是在我们班上，早被老师点名批评了。"

马成长一愣，道："我跟你说了，我们离婚了，我管不着她。"

"那真是无法无天了。"达达叹道。

张静莹在陷入低谷后，突然放飞自我了，这也让吴天真觉得意外，岂止是意外，简直惊得合不拢嘴。

张静莹和陈一柯和好了。

张静莹说："我舍不得他，就不想放下。再说了，也许他现在不想结婚，多处一段时间就会想，人都是在变化的嘛。"

吴天真道："下次掉眼泪的时候别再找我安慰了。"

张静莹道："你想想，我大学毕业后，都是规规矩矩的，一毕业就相亲，结婚，然后就陷入家长里短，还没尝过恋爱的滋味，既然这么甜蜜，为何还要放弃呢？陈一柯说，如梦幻泡影，如露亦如电，我觉得有道理。"

"你这是老房子着火，没得救了，但也不要把睡觉的事说得那么有哲理，《金刚经》要被你们这些人给毁了。"

十年前，张静莹还不到一百斤，清瘦，为人拘谨，像小白鼠一样紧张地看着社会，探头探脑；现在，体重重了十斤多，五官与身体像一朵花蕾绽放开来，有一种恣肆的美感，是完全放开的自我。吴天真看她，十年前她有成年人的谨慎，现在倒像少女一样放任，真是先当妈妈再当女儿，先结婚再恋爱，逆生长。

"以后别跟我面前掉眼泪了。"吴天真警告道。

"行，以后有眼泪也往肚里吞。"

尽管说得气壮山河，张静莹还是时不时地来诉苦。吴天真可管不了那么多婆婆妈妈的，去指导别人谈情说爱，不但自作多情而且无聊。她现在倒是和马成长更有共同语言。

家委会建议老师采用 AB 作业方案，实际上老师根本不敢实施。教育局没有这样的规定，责任担当不起。一批对作业减少有意见的老师，便到教育局上诉，说光这个班级作业少，那不是害了学生吗，怎么跟全市乃至全国的学生竞争？教育局也是勤政，派人下去调查,最后督促老师作业不能太少。于是老师又恢复了之前的状况。

到底作业要多还是要少?是怪自己的孩子笨呢还是怪作业太多呢?吴天真都搞蒙了。

"怎么办,要不要再去教育局反映一下?"吴天真问道。

"那还不是再循环一遍,谁也没有责任,问题一点也没解决。"

"到底他们对还是我们对呢?"

"至少对林爽来说,作业时间肯定占用了睡觉、户外运动时间,对孩子的身体、健全的人格、实践能力的培养,是不利的。林爽在班上属于中等学生,所以这种情况一定是普遍的。我觉得必须写一封信给教育局反映一下,虽然现在提倡的是素质教育,但本质上还是应试教育,素质教育只是个幌子,这个问题必须解决的。"

"嗯,你倒想的是大局。"吴天真由衷道,"但是远水解不了近渴,林爽怎么办?"

"以后她必须在十点钟之前回去,做不完的作业,就不做了。周末呢,还是得让她和达达多出去跑跑,别困在作业堆里。"

"那,如果成绩跟不上别人怎么办?"

"瞧,又绕到老路子上去了。孩子如果学习资质差一点,成绩差也是可以接受的,她一定在其他方面有优点。总之,也别把学校教育当成孩子的全部,成绩差一点死不了。日本作家村上春树说过,在学校里学到的最重要的东西就是,最重要的东西是不可能在学校里学到的。"

"真的吗,这个作家真这么说?"

"那当然,我可炮制不出这么经典的语言。"

"那最重要的东西是什么?"

"这个你可得回去琢磨,不晓得答案,似乎没有资格当家长。"

吴天真相当崇拜地看着马成长,道:"厉害厉害,我还以为把孩子养这么大很了不起了，没想到还是个不合格的家长，回去一定研究。别看你蔫儿不拉几的，想不到肚子里这么多东西，佩服佩服！"

马成长谦虚道："我这纯粹是一肚子理论，实践起来，还是得摸着石头过河，一块儿摸吧。"

马成长现在确实觉得，很多事情，理论与实践之间，隔着一个人生的距离。理论一听就懂，只有几秒的时间，实践起来，有的人可能一辈子都没做到。

他把自己的修改稿发给出版商，这次得到的反馈令人大为振奋。编辑回复："比起一稿，细节更为细腻，人物形象生动，能引起读者共情，按照这个感觉写下去，出版指日可待。"

马成长激动不已，就像在人生的路上，越过一道悬崖，前面大路宽畅，新一轮太阳正冉冉升起。此刻，他最想抱住达达，叫一声："儿子，谢谢你。"

出版商问他："怎么就开窍了？"马成长答道："我儿子教我的。"

达达得知爸爸陷入写作的困境，一定要指导爸爸。马成长道："你上次鼓励了爸爸，让爸爸坚持下去，已经很了不起了。这次的问题，是作品质量问题，连编辑都说不清楚的，你别浪费时间了，这需要阅读经验的。"达达不服气道："我看过那么多书，什么好看，什么难看，我怎么看不出来？罗尔德·达尔就很好看，国内的童书作家写得没那么好，然后所有书的漫画版都比文字版好看。你写得好看不好看，我怎么就看不出来？"

马成长没有办法，又怕达达在电脑上看坏了眼睛，就到朋友单位里把稿子打印出来。达达看书真的很快，速度超乎预料，有一目十行之感。马成长以为他只是浮光掠影，没想到问起内容，都一一记得。看了几天，达达的想法很多，每日里反客为主，把自己当成一个老师，对爸爸的作品指指点点。其中有一句让马成长心中一颤："爸爸，有一个作家说，想把笔下的人物写好，你必须爱每一个人物。我觉得你不爱你笔下的人物，所以他们不可爱又很模糊，你大概只想用他们来赚钱吧。"

正是这一句话，让马成长沉思良久，最后思路逐渐清晰。要爱主人公，写出他的喜怒哀乐，写出他的家长里短，写出他的爱恨情仇，写出他的梦想与野心，写出他的优点与缺点，其他的一切的事件与关系，围绕于此。他豁然开朗，把原来模糊的情节慢慢雕琢，倾注情感，让历史人物有现实的情感，达到栩栩如生又惹人共情的效果。

许多事的秘诀，当你快达到之时，显得只有一步之遥；但是你找不到的时候，也许要走半辈子的冤枉路。

"爱这个人物，才能写好他。"马成长向出版商解释道。

"这是你儿子教你的？不敢相信呀。"

"孩子身上有不可思议的直觉，我们都太小看他了。"马成长道，"我们长大后，这种直觉却消失了。"

"我是感觉得出来，却说不出来，也算学了一手。代我谢谢你儿子，加油！"

马成长得到诀窍之后，加快了进度，也像老房子着火一样，不可收拾。白天写，晚上写，见缝插针，不是查资料，就是坐下来写。

"爸爸，你的书以后能改成漫画吗？"

"也许吧，如果小朋友们喜欢，也是有可能的。"

"所以你要把人物写得帅一点呀,像路飞、索隆、山治、娜美、罗宾、乌索普、弗兰奇、布鲁克、乔巴一样。"

十一　与狼共舞

也许是在林爽的启发下,达达开始关注起自己的身高。他比普通同学矮了半头,好多颗乳牙都没换。他开始不时唠叨,说妈妈是不是没给自己买昂贵的食物。在吴天真的建议下,张静莹还是决定带他到省城儿童医院去检查一下。

号不好挂,委托一个同学挂了,周四请了假,一大早开车过去。倒是顺利,做了常规的检查之后,主任医生建议做一下基因检测,因为基因检测比较贵,所以只是建议。张静莹犹豫了一会儿,心想,要是不做的话,回去老惦记着是不是基因有问题,那日子怕是没法过了。一狠心,做。可没想到基因检测需要孩子与父母三人同时抽血。

张静莹给马成长打电话,让他即刻到省城来。马成长不耐烦被叫来叫去,说:"这么着急干什么,下次一块儿去不行吗?"张静莹急了,道:"儿子的事你都不当回事吗?你以为这号那么好挂,下次要重新挂号更麻烦。"

马成长挨了一顿骂以后,想了一下,确实有理,急忙坐动车过来。他们离婚的时候,汽车归张静莹,马成长只有一辆摩托车。

赶到省城,已是中午,赶在下午上班时间,三人一块儿去抽了血,一管接一管的。达达怕针,闭上眼睛,叫道:"爸爸妈妈你们抓住我。"两人站在两侧,拥着达达,抓住他的胳膊,达达又叫道:"妈妈抓紧一点,抓得越紧我越不怕。"护士赞叹道:"你真聪明，懂得借助爸爸妈妈的力量。"

抽完之后，达达松了一口气，可怜地摸着手腕，道："以后还要打针，你们可得在我旁边，缺一不可。"马成长与张静莹面面相觑。

基因检测结果要一个月才能出来。出了医院，到茶餐厅，三个人喝甜汤，补充能量。达达叹道："如果我基因有问题，你们俩可得负责哟。"马成长哭笑不得："怎么负责呀？"达达道："你们俩商量吧，实在不行就经济赔偿。"张静莹道："你这孩子，张口闭口都是钱，钻进钱眼了吗？"达达道："那还不是跟你学的。"

在医院折腾了大半天，三人疲惫不堪，启程回家。张静莹在副驾驶上昏昏欲睡，达达在后座要求玩手机。这是达达长久以来的毛病，改不掉，见缝插针就要玩手机。而这也是张静莹的痛，达达以各种理由用手机，一拿到手机就放不下来，张静莹看到未接来电就胆战心惊。张静莹道："忙了一天了，该闭上眼睛休息一下。"达达争辩道："我都忙了一天，还不奖励一下让我玩玩，没天理了。"说罢就在后座各种作妖。张静莹实在没有办法，让马成长把手机给达达玩一会儿。马成长不言语，照办了。达达得了手机，便如嗷嗷待哺的小鸟得到了虫子，沉浸到自己的世界里去了。车里安静下来，只听见发动机的声音隐隐传进来，张静莹的睡意倒是被驱走了一半。她忧心道："你该想个办法，戒掉他玩手机的坏毛病。"

马成长闷头开着车，没有回应。张静莹道："你有没有听见我说话？"马成长叹了一口气，道："小时候你有没有最喜欢玩什么？"张静莹道："我也没什么好玩的，就是跳皮筋和扔沙包吧。"

"如果父母要你戒掉，你肯定没法戒掉吧？"

"那没法比呀,跳皮筋对身体有好处,这玩手机可是一点好处都没有,还费眼睛。"

"是呀,环境变了,这是一个手机的时代。我也想让他戒掉,可是怎么可能?大人都在玩手机。我想起自己小时候爱打乒乓球,大人越不让玩就越爱玩,越禁止就越喜欢到骨子里。"

"那你的意思是就放弃禁止了?"

"我的意思是,教育孩子没有一劳永逸的办法,只能时刻陪伴他,与之周旋、博弈,简而言之,就是与狼共舞。孩子身上有顽劣的狼性,你既要防范又要保护,这也是他身上的创造力。如果一个孩子服服帖帖,唯你是从,那很有可能也失去创造力了。"

"那就让他玩手机了?"

"你只能限制他时间,防止他上瘾,引导他的注意力到别的事情上,完全禁止不太可能。当然,教育的最终,孩子都是大人的投射,有什么样的家长就有什么样的孩子,当你看到孩子身上的缺点时,就该反省自己身上的问题了。"

"你这是不是指桑骂槐呀?"

"教育是润物细无声的,是一举一动一言一行。达达,手机玩二十分钟你就该还给我了。"

达达手机被收走,就睡着了。到了收费站的时候,达达醒过来,问睡多久了。马成长道:"差不多一个小时吧。"达达道:"哇,我还以为只是打个盹呢,你们在车上我睡得真香,以后我失眠了就到车上睡。"

"小孩子哪有什么失眠?"马成长道。

"爸爸你不知道,我最近经常失眠。"

"为什么呀,作业太多?"

"那倒不是,我总得思考一下人生吧。"

确实，这句话倒不像是儿戏。达达的叛逆越来越严重，质疑越来越多，同时伴随着的自我思考，也一步步地加强。有时候他会沉默，这是以前不曾有过的现象。有一天他先到家，马成长进门时，他正坐在阳台上，旁边放着仓鼠笼子，似乎只有仓鼠是他的兄弟。

张静莹中午加班，马成长负责他的中饭。达达挑食越来越严重，只吃肉不吃青菜，不喝汤，马成长寻思着怎样给他增加营养，准备做一种肉菜丸子。

"跟谁吵架了吗？"马成长见他一副郁郁寡欢的样子，问道。

"哪有心思跟人吵架？"达达看着仓鼠道，"爸爸，我觉得一只仓鼠太孤独，我想再买一只。"

"哦，怎么会这么想？"

"我今天看它眼睛的时候，我能感觉到。"

"我不确定两只仓鼠能不能一块儿养，有的动物有领地意识，一块儿就会打架。"

"手机借我查一下。"

吃饭的时候，达达已经知道了答案。两只仓鼠在一个笼子里，是会打架的，为此他忧心忡忡。

"有些动物，就适合独居，它不会觉得孤独。"马成长安慰道。

"可是我真的觉得它会孤独，它可怜巴巴地看着我。"

"我们人类害怕孤独，所以你也会认为仓鼠害怕孤独。"马成长道。

"爸爸你怕孤独吗？"

"人都会害怕孤独的，因为人是群居动物。"

"那你为什么一个人住呢？"

"有时候生活会安排我这样，我不得不接受。"马成长道，"对了，吃完饭你做作业去，我得去看一下奶奶。"

"你是害怕奶奶孤独吗？"

达达今天对这个问题纠缠不休，马成长觉得诧异，只能说，孩子的变化，是日新月异的。

"你把这些青菜吃下去，爸爸就告诉你。"

达达艰难地嚼着青菜，似乎在吃一味苦药。

"爷爷走后，爸爸每周都要去看一次奶奶。爸爸特别后悔，在爷爷走之前，没有时间陪他。人都是害怕孤独的动物，越老越害怕，所以现在看奶奶，也是爸爸的功课。"

"爸爸你也做过后悔的事？"

"每个人都做过后悔的事，但是必须懂得忏悔，这样才能长大。"

达达听了若有所思，突然道："我也要去。"

"那不能，你得上课呢。下次爸爸带你去。"

"不，我现在、马上、立刻就要去。"

"为什么？"

"我怕奶奶又突然走了。"

马成长突然感动起来。爷爷奶奶在农村，极少联系，语言不通，所以达达对老人没有什么感情，达达也无奈，勉强不来。

"你又想请假吗？"

"对呀，晚上你可以把我的课补上。"

"好呀，下不为例。爸爸也是疯了！"

达达这一次回去，特意跟奶奶交流了许久。因为爸爸说，如果他能跟奶奶多聊聊天，奶奶会高兴好几天。达达在爸爸的翻译下，跟奶奶讲了许多话，并且希望奶奶能养几只毛茸茸的小鸡。他可以经常来看奶奶和小鸡。

"我感觉陈一柯公司里的女孩,老是拿媚眼瞧他,怎么办?"

"我感觉陈一柯对她也不错,好像说话有默契。"

"陈一柯最近好像对我有点冷淡,是不是厌倦了?"

"七夕节陈一柯没买礼物给我,到底什么意思?"

……

张静莹的恋爱从激情进入惶恐状态,越来越把吴天真当成导师。吴天真哭笑不得,道:"我是医生,不是心理医生,你要是缺胳膊少腿我可以给你来一下。你这一会儿怕这一会儿怕那,我可没主意。"

在诚惶诚恐中,张静莹变得狂躁,一会儿自信满满,觉得陈一柯一定会与她结婚;一会儿又觉得陈一柯可能会移情别恋。连达达都说:"妈妈,你越来越没耐心了。"张静莹晓得达达的感觉是对的,她现在有点无法自控,焦躁的情绪从身体里野蛮生长,随时给自己来一下。张静莹道:"需要耐心的事,你找你爸爸去,妈妈现在是不正常状态,具体来说,就是更年期,没有办法,你有时候必须原谅妈妈。"

达达去查了一下更年期,觉得妈妈的更年期来得有点早,又问马成长。马成长被问得一愣一愣的,道:"我也不知道,现在全球气候环境发生变化,加上食品添加剂等人工干预,可能会导致物种的变异,比如说有的孩子特别早熟,有的人呢特别早衰。"达达道:"妈妈太可怜。"

突然间达达又想到另一个问题:"爸爸,为什么你跟妈妈都没有睡在一起?林爽说,爸妈都是在一块儿睡觉的。"

差不多在达达出生后,马成长就没有和张静莹一起睡觉了。一是因为孩子,二是矛盾确实增多,在观念上发生冲突,无法和谐相处。

"有在一起睡过,只不过你不知道而已。不过现在不能了,现在在一块儿睡,法律就不允许了。"

"法律管这么多?"

"那当然,离婚证书就是法律的凭证,一起睡觉要坐牢的。"

"这也法律,那也法律,法律怎么那么讨厌。我好想你们睡在一块儿。"

"法律不讨厌。讨厌的是我和你妈。"

达达沉默了,一种无奈浮上了幼稚的脸庞,像月亮上的一抹乌云。

与友情、亲情相比,爱情的特别之处就在于成长。友情、亲情可以恒常,但爱情是变化的,它可以如太阳一样炽热,看似散发着永恒的光芒,实际上燃烧、沸腾、聚变,直至有一天氦闪,消失。但固执的女人偏偏不信,因为,谁也没见过太阳消失。

"原以为你是个浪漫主义者,原来也是个现实主义者。"吴天真讽刺道。

"哪个女人不希望自己获得安全感?"

"那又何苦呢,我觉得马成长就最有安全感。"

"你别哪壶不开提哪壶。"

"我不是气你,我说的是实话,马成长除了不会花言巧语,我也不晓得哪一点不好,他离婚时把车子房子都给你,我就觉得他这人人品不错,你是丢了西瓜捡了芝麻。"

"行了,你别扯没用的。现在陈一柯有把柄在我手上了,你帮我一把,我们去抓个现行,你帮我拍照,好不?"

"你这是哪一出?"

"他说一辈子爱我的,我要找出他食言的证据,让他跟我结婚。"

"你这么干，有意思吗？"

"我管它有没有意思，我要的东西，我就得拿回来。"

那天吴天真轮休，正在超市给林爽买一点做日本料理的食材，张静莹急匆匆地拉她上车，说得帮自己一个大忙。车停在陈一柯的别墅门口，吴天真已经知道张静莹要干什么了，不肯下车，恼怒道："你这是干吗？"张静莹道："求求你，这是最好的一个机会，我和他能不能有未来，就看这一次了。"

吴天真气得翻白眼，道："自己干傻事，还拉我下水，我可干不了。"

"我不争取，那下半辈子就没戏了！"

"你能不能考虑下孩子的感受？"

"我总不能为了孩子，就连恋爱都放弃了吧。"

"我也不是那么死板的人，如果现在是和你情投意合的对象，你带着孩子争取自己的归宿，我不反对。问题是现在是一条死胡同，你就死钻牛角尖，如果你不那么自私的话，我建议你去看一看达达的日记，看看孩子怎么想的。"

"达达的日记？你怎么知道？"

"他现在把心里话都告诉林爽，你呢，本来他应该是告诉你的，你自己掂量掂量吧！"

吴天真气咻咻地下车走人。张静莹把头伏在方向盘上，身子一抽一抽的，像是在呕吐。过了一会儿，一个保安过来，敲了敲车窗，确认车里的女人是不是正常。

吴天真记得很清楚，张静莹是在看了日记之后，彻底从癫狂的状态平静下来的。但对张静莹而言，事情其实没那么简单，内心的搏斗，翻江倒海，持续了一个月，比起让自己吐得七荤八素的三个月的妊娠反应，有过之而无不及。

"达达，假如给你选择的话，你喜欢跟爸爸一起过还是跟陈叔叔一起过——我是说，住到陈叔叔的别墅里。"

"跟爸爸。"

"为什么，你不是也喜欢陈叔叔吗？"

"对呀，陈叔叔特别好玩，比爸爸更大方，我要玩什么都可以。但是你知道吗妈妈，我有一回做梦又掉进海里，在海浪里求救，你知道来救我的是谁吗？是爸爸。"

"那只是梦而已。"

"跟爸爸在一起更安全。"

林爽把这些话告诉吴天真，吴天真又告诉了张静莹，张静莹改变了许多，平静了许多。孩子的直觉是敏锐的，他说不出具体的事件，但能察觉端倪。

"爸爸，为什么要做作业呀？"

"作业是学习的一种手段，不练习的人，关键时刻就掉链子了。"

"为什么又要学习呢？"

"学习会让人无限逼近真理。"

"为什么要逼近真理呢？"

"不逼近真理，人就会愚蠢，谁愿意当个傻瓜呢？蠢人多了，就会阻碍人类文明的进程，挺耽误事的。"

达达经常用无限制的提问，来调节做作业的无聊。马成长倒也耐心。父子一问一答之间，张静莹就会悄无声息地端着奶茶站在他们身后。以前绝对不可能的。奶牛干妈被卖了之后，张静莹只好订了鲜奶，虽然不及自己去挤的，但用心做的奶茶，味道也不逊。

这样的一幕被林爽看在眼里，她也更加喜欢这个家庭的气氛。

还有一件令达达高兴的事，基因检测结果出来了。基因没有问题，只是促甲状腺素值偏高，服药调整。

"现在我比你高，以后你会比我高的。"林爽安慰道。

"真的吗？最好我能高你半个头，不过你长大了会不会穿高跟鞋呀？"

十二　大象

那一天，张静莹在小区门口被一个人堵住，这人好面熟，她想了半天，才想起来，是上次帮孩子做作业赚钱的李师江。张静莹吓了一跳，道："你要干吗？又要借钱？"

李师江让张静莹少安毋躁，道："no，no，相反，我今天是来还钱的。"

李师江掏出两张百元大钞。张静莹见他衣冠楚楚，满脸斯文，与之前大相径庭。问道："怎么，你翻身了？"

李师江看着张静莹的一脸好奇，得意道："那可不，我说过，我会翻身的，该还的钱，一分都不少。"

张静莹想到自己在股票市场的处境，忙把李师江拉到一边，像见了救星一样，道："快告诉我，你都买了哪些股？大盘都跌成这样你还能翻身，一定有秘诀。"

李师江颔首道："当然有秘诀，没有秘诀在这个时代怎么能存活呢？"

"我就知道你能行。看在上次借你饭钱的分儿上，给我透露点？"

"秘诀很简单，就是我没有炒股，我现在写股评。"

李师江打开手机微信,给张静莹看他的股评公众号,推荐他荐股的文章,道:"微信和微博上都有粉丝打赏,赚这个钱比炒股更稳妥,你加上我公众号,我每周都会推荐三次。"

"天哪,你推荐的股票会涨吗?"

"当然有涨有跌,但问题的关键不在这里,股民们最需要的是鼓舞士气,我的文章能让他们从颓废中崛起,开始新一轮的冲击。有个粉丝说,如果没有我,他可能会自杀。也就是说,我现在实际上是在救人,普度众生。你加下我公众号,打赏不打赏没关系,说不定你哪天想不开了,看看我的文章,又活过来了。"

张静莹关注了他的公众号,道:"我还不至于想不开,只不过现在被套牢的,我不晓得该怎么办。"

"这个我也有秘诀。现在你脑子里不能有赚钱的概念,你一定要记住两个字:止损。"

另一个春天到来的时候,马成长收到了绝好的消息。出版人告知,他的书已经通过出版社终审,计划两个月之内出版上市。这是辞职后马成长最振奋的一天。

当时,张静莹开车,送马成长和达达去参加郊区写生活动。马成长接完电话后,突然对着窗外长啸一声。达达叫道:"爸爸,你今天有点疯狂呀。"

马成长把喜讯告知,达达也学着爸爸对窗外长啸一声,道:"嗨,我的海贼王手办有指望啦。"

张静莹被父子俩的兴奋感染,道:"你们悠着点,交警都朝这边看了,以为车里出什么事了。"

达达突然道:"爸爸,今天这么高兴,晚上是不是该请客了,大吃一顿?"

马成长道:"我也想呀,可是爸爸现在是身无分文,挺尴尬的。"

"要不这样,我在妈妈那边有三千块压岁钱呢,先拨款几百来庆祝一下,等你拿到稿费了,再还我,不要利息,好吧?"

"我看只能这样了。"马成长道,"懂得给爸爸解忧,看来没白养。"

"爸爸,现在我跟你,都算有钱人了。"

张静莹默默地开着车,突然道:"跟孩子借钱,你这当爹的真是没有一点威严了。这么着吧,要庆祝的话我来安排,别盯着达达的压岁钱了。"

"妈妈太棒了!"达达道,"妈妈,我觉得你现在更年期已经过去了,很正常了。"

张静莹不好意思道:"你可别跟别人说妈妈更年期什么的,哦,对了,上次我听老师说,你们有一次请假,看什么干妈去,干妈是谁呀?"

达达朝马成长眨了眨眼,把皮球踢给爸爸。

马成长道:"哦,他干妈,已经走了,不回来了。"

张静莹把他们父子放下来,自己上班去,约好五点钟再来接。达达背着画板,一蹦一跳的,像一只大青蛙。他的脸上没有一丝乌云,恢复了天真,天真又老到地说:"爸爸,我觉得妈妈现在又会爱你了。"

"哦?"

"你想想,她那么爱钱如命的人,肯花一笔巨资为你庆祝,也不提还钱,她要是不爱你,根本不会这么做。"

"是嘛,你整天观察这种小情绪,是不是太八卦了?"

"生活那么无聊,就得八卦点才有乐趣呀。"

庆祝晚会倒是办得不赖,吴天真和林爽也来了,吃得爽歪歪的,因为是周末,顺带还到游乐场玩了一下。达达道:"爸爸,以后你每写一本书，都要这么庆祝一下，必须的。"两个孩子还不过瘾，又回家嘀咕了老半天。

林爽回到家后，偷偷告诉吴天真，达达把一页日记撕了，叫林爽给保存。那一页日记，题目是《我后悔让爸妈离婚了》。吴天真一字一句地看着，眼睛都湿了。

"还是我转给他妈妈，让他妈妈保存吧。"吴天真道。

"妈妈，达达的生日快到了，要买什么礼物给他？"

"你有没有想法呢？"

"没有呀，听他的意思，好像是说礼物越贵重越好，上不封顶。而且，这个生日会是他爸爸给他张罗。"

"嗯，知识应该是最贵重的，我建议你买本书给他。"

在家中，达达也因为生日的临近而兴奋，他在去年刚过完生日不久，就期待着下一年的生日了。

"爸爸，我想把生日提前。"

"为什么？"

"因为我生日那天不是周末，那样同学都不会来，我见过各种爽约的生日聚会，太尴尬了。我提前到周末，也办得盛大一些。你给我策划一下，要与众不同，要不然办成'春晚'多没劲。"

"那我试试。"

"今年的生日我一定要发一笔横财。"达达摩拳擦掌道。

"嘿，你没在官场，什么时候就染上贪官习性了。"马成长感叹道，"生日不是敛财的机会，是纪念你出生的那一天。那一天妈妈很痛苦，所以你还是感谢她生下你。"

"哦，那我一边收礼物，一边感谢妈妈，两边都不耽误吧。"达达脑子清晰，道，"不过我还记得国外有一个孩子告爸爸妈妈，说不经过他同意就把他生下来，这是怎么回事？"

"那大概是爸爸妈妈不陪他长大,他觉得过得不好,所以才告状。"

"那你们以后如果不好好陪我,我可要告状了。"

"那行,谁不陪你,你就告谁吧。"马成长道。

"你这话是不是针对我呀,我这么忙哪有时间每天都陪呀,达达你这个没良心的,还没感谢妈妈就想着告妈妈了。"

张静莹作势要打达达,达达围着沙发跑来跑去,兴奋得咯咯叫:"妈妈,如果你没有时间陪我,就让手机陪我吧!"达达开着无厘头玩笑,吸引张静莹追他。母子俩很久没有这样做游戏了,就像达达上幼儿园的时候,总是喜欢跟爸爸妈妈在家里捉迷藏。

那天晚上,达达发现自己喂食的时候,笼子忘了关,仓鼠跑出来,不知去向。可以肯定在屋子里头,但是沙发、柜子底下找遍,就是不见踪影。马成长建议明天再找,可是达达觉得没找到,他晚上绝对睡不着觉。他哭诉道:"都说好好陪我,现在我有困难了,你们就准备溜了,这总归算说话不算数吧。"

这个理由使得马成长和张静莹压力都很大。马成长道:"行,今晚不找到仓鼠,就不睡了。"达达兴奋道:"爸爸够哥们儿,妈妈你呢?"张静莹道:"我能怎么着,我不陪你,你告我,我上哪儿说理去。"达达道:"这才像话。"

三人把灯都关了,撒一把鼠粮在客厅中央,屏住呼吸。达达左手拉着爸爸,右手拉着妈妈,三人的剪影宛如潜伏的大小豹子,在静静地等待礼物。屋子里静悄悄的,偶尔传来隔壁夫妻吵架的声音,双职工的夫妻难得夜里有时间拌嘴,有时候抄起家伙也会有地震一样的效果。这个地方属于台海地震带,频繁发生的震感始终伴随着人们的生活。半夜里床铺震动,需得再倾听下有没有伴随吵闹声,方能辨别是自然地震还是人工地震。与地震一样频繁的争吵,使得工作的委屈与生活的压力得到释放,次日人们兢兢业业再上岗位。好在拌嘴的声音,并不会让仓鼠受惊,相反,人间的烟火，应该使得仓鼠更感到安全。他们能听见屋里有窸窸窣窣的声音，表明仓鼠在某个角落已经感觉到安全了，接着一定会出动的。马成长吃不准仓鼠的习性，小声道："达达，你觉得仓鼠会出来吗？"

"别着急。等待与希望，是生活中最美好的两件事。"达达对着黑暗喃喃道，活像爸爸的口气。

马成长和张静莹齐齐把目光投向马达达，像看见一头猛然跑进房间的大象。

后 记

少年即是一生

一

　　这一辑小说写的是年少与往事。

　　少年时期，不免有许多幻想和心结，走着走着，这些幻想和心结，就走丢了。

　　从中年回忆少年，就如在一个秋日，眺望远方的风景，不无热烈与伤感。对于创作而言，是一次温馨的旅程，一路瓜果芳香，随手可以摘取。在一九八〇年代的乡村，有一个稍显孤僻的孩子，在村庄与"鬼""神"之中艰难行走，脑子里有各种各样的想法。比如说，在我最无助的时候，我脑子里就发明了一个"神"，庇护神，跟我一起上下学，跟我一起度过生命的低落时光。往昔本来已经被岁月冲洗了，从脑海中消失了。但是在我回到家乡之后，又点点滴滴闪现。每一个灵感，均是一朵奇妙之花。又不禁感叹，艺术创作是一件奇妙的事情，它使得记忆与阅历产生化学效应，奇妙的作品里，融合着过往的原料与岁月的雕刻，以及在技术上的进取和心灵空间的探索。

少年即是我们的一生。我们的成年不过是在重复少年的历程。这是生命的规则。《神启幼年》像是少年幻想与中年迷思的一次相遇，我依凭船仔的领悟，试图揭示成长在某种程度上意味着——神性退去，人性突显。

令我感到啼笑皆非的是，当我回忆少年时光，我的孩子也进入了少年。我不禁带着欣赏的目光去赞美少年的天性，赞美天性对于世故的矫正。因此，这辑小说里收入《做作业》，完全跳脱出记忆，写现实，写当下的少年，也给读者一种不一样的生活场景对比。这一代的孩子，被游戏绑架，被作业压垮，反抗的是智能诱惑与应试竞争，这一主题与我们在乡村反抗孤独、寻找温情，已是隔世。

二

严歌苓说，四十岁以后才真正懂得写小说。

深有体会。这个年龄，上有老，下有小，承上启下，之前只知自我，此时感悟众生，或者说，众生即我。从某种角度来说，小说是一门用自身观照众生的艺术。

特别是，对于生死，此刻看得真切。在经历几次亲人突然离世之后，内心一次次地受到冲击，我不得不直面这个问题，死是什么？是彻底消失了？是对生命意义的否定？

曾经有一个朋友，大学时期父亲突然病故，她数夜不眠，处理完后事，数年内常常失眠。她说，对于亲人亡故，懵懂时尚且不知，在你懂事但又依赖的年龄，悲痛是最大的。

爷爷去世的时候，我才十岁，当时场景尚有印象，只是年少时目睹的花开花落而已。到了四十岁以后，倒是怀旧起来，爷爷那么疼我，而自己常有嫌弃之举，不免遗憾。生死两茫茫，心事何处说。这种心结，促使我一口气写下《爷爷的鬼把戏》。文字就是这么美妙的玩意儿，写完之后，我觉得生死两界被打通了。死亡，并非那么可怕、决绝的事，我们看不见的时空，爱还在继续。可以说，死是另一种生。

《白将军》也是这种心结的产物。人生的无常，用文字来治愈。小说写的是无常，是人生的难题，但依然是温暖的笔调。我的心境就是如此。年少的创伤无数次品尝，收获的都是岁月的温情。

三

小时候听了许多鬼故事，当然怕鬼。

这本小说集，"神""鬼"串烧在各个篇目之中，不仅是真实的闽东乡村经验，更是一种生活的设定。

鬼文化传袭数千年，但没有人捉过一只鬼，从而证明，这世界是没有鬼的。至少可见的鬼，是没有的。既然没有鬼，那么鬼文化为什么流传不绝呢？我想，这是人类生活必需的一种设定。有了这种假设，生死才能联通。我小时候就想，倘若有鬼，就捉一个放在玻璃罐里，跟它好好说说话，聊聊那些鬼知道而我不知道的事，鬼见过而我没见过的人。

在当代，写所谓"鬼题材"的小说，总会担心有封建迷信的帽子扣过来，难以下笔。我之前是不敢写的，后来看了一些日本的治愈系灵异小说，突然找到了灵感，也找到了某种依托，那就是，我们写鬼，并非迷信，只是一种写作上的设定，为了表达生者对死者的眷恋与温情，表达更丰富与开阔的人性，这样的写作，超越了去探讨有没有鬼这回事——也不必要探讨，鬼本身仅是人对人世的想象方式之一罢了。这种写作的角度，使得写那些逝去的亲人，成为可能，甚至逝去的魂灵，可以成为主角。

最后我要说，少年时期的写作资源，远没有枯竭。这本书只是一个开始。当一个中年人开始回忆少年，就会像老房子着了火。

四

这些断续写出的小说，散落在岁月中，本无结集成书的必要。对于我这样一个非畅销作家来说，能买我小说集的人，应该屈指可数。出书的机缘源于电影《沃土》。2016年，王小帅导演看中了《爷爷的鬼把戏》这篇小说，并买下电影改编权。我抱着向大导演学习的态度，要求参与编剧，导演爽快地答应了。

王小帅导演的《地久天长》在获得柏林银熊大奖之后，想拍一部关于农民、关于土地改革与变迁的宏达构思的作品。《爷爷的鬼把戏》这篇小说，关于爷爷与船仔的约定，在梦境与现实中来回穿梭，给宏大的故事提供了一个承载的切口。在初稿改编时，我给剧本加入了一条爷爷让船仔去挖地、家人以为是挖宝的主线。在这条线上，导演展现了其讲述土地历史的勃勃雄心。

很多人问我，原著小说与电影的区别，那就是电影写了一个崭新的主题；小说是通往电影的一个入口，是电影中的一条支线。在电影中，船仔已经改名沃土，而《沃土》亦是片名。很显然，主题已经转向土地。而原著小说《爷爷的鬼把戏》，对于在乡村长大的我们这一代而言，则是一个平凡的成长故事，一个童年的梦。

金马洛是一个文学出版人,他签下这部小说,也希望借电影的东风适时出版。这是文学和非畅销作家的尴尬,亦是幸运。二〇二四年二月十七日,《沃土》在柏林电影节全球首映,反响巨大。此书出版,是对我近些年中短篇小说创作的一次总结,也是对勇于坚持理想的艺术家的致敬。

二〇二四年二月十九日